U0840721

大夏

大夏书系·教育随笔

教书记

朱煜教育小品文

题《教书记》

煮豆微盐撒
墙边学白杨
读教皆小事
情理岂平常

图书在版编目（CIP）数据

教书记：朱煜教育小品文 / 朱煜著．—上海：华东师范大学出版社，2015.1

ISBN 978－7－5675－3036－2

Ⅰ．①教… Ⅱ．①朱… Ⅲ．①小品文－作品集－中国－当代 Ⅳ．① I267.3

中国版本图书馆 CIP 数据核字（2015）第 024349 号

大夏书系·教育随笔

教书记

——朱煜教育小品文

著　　者　朱　煜
策划编辑　朱永通
审读编辑　齐凤楠
封面设计　奇文云海·设计顾问

出版发行　华东师范大学出版社
社　　址　上海市中山北路 3663 号　邮编　200062
网　　址　www.ecnupress.com.cn
电　　话　021－60821666　行政传真　021－62572105
客服电话　021－62865537
邮购电话　021－62869887
地　　址　上海市中山北路 3663 号华东师范大学校内先锋路口
网　　店　http://hdsdcbs.tmall.com

印 刷 者　北京汇林印务有限公司
开　　本　889×1194　32 开
插　　页　1
印　　张　7.25
字　　数　112 千字
版　　次　2015 年 4 月第一版
印　　次　2018 年 3 月第二次
印　　数　6 101—9 100
书　　号　ISBN 978－7－5675－3036－2/G·7905
定　　价　32.00 元

出 版 人　王　焰

目　录

读书札记

编书余墨

写书育儿

读教之余

自 序

二零零八年十月的某一天，天气很好，吃过午饭，我急急忙忙地打车去八道湾。住处离那儿很近，七八分钟就到了。这是我第三次到这里。

八道湾胡同坐落在赵登禹路和西直门内大街的路口。记得第一次来八道湾前，专门请教了商友敬老师。老师是来过的，他取出一张北京地图，标出八道湾胡同的位置，还对我说："这个胡同真的要转八个弯。"那次，我真的边走边数，但因为激动没数清楚。那时，胡同很窄，土路，高高低低的。

第三次见到的八道湾胡同，变化很大，胡同的第一段好像被改建拉直了，可以一眼看到胡同的深处。路上铺了水泥，胡同两边的墙都被粉刷一新。胡同对面的老房子已被高层住宅小区取代。我举着照相机，一边录像一边往里走。不一会儿就到了八道湾十一号的门口。与一九九七年第一次来时没有区别，门框还是那样低矮窄小。只有门牌是簇新的。门口晒着衣被、煤球。一条很小的过道通往院内。我迟疑了一会儿，往里走，并关掉了照相机的录像功能。

苦雨斋还在。树也在。但搭建在院子里的各种小屋子把它基本挡住了。只能看到苦雨斋的屋顶。再往里走，全是新搭的小房子。侧耳听听，住户说的都不是北京话，应该是来京打工的农民工。

八道湾十一号成了真正的大杂院，破败的大杂院。空间逼仄得叫人胸口一阵阵发闷。我从侧门走出院子。又回到正门口，拍了几张照片。站了一会儿，再次走进院子。不知道是什么原因，苦雨斋的屋檐下装了很多栅栏，是为了防盗？这使得苦雨斋看上去像被锁在了笼子里。尽管这房子是院子里最高的建筑，可现在完全没了气势，犹如一头奄奄一息的困兽。除了这间房子，各种资料里提及的与这个不平凡的院子有关的诸多遗迹我都辨别不出了。那些遗迹在新文学史上很重要。我给苦雨斋的屋顶拍了张照片。树影婆娑下的屋顶显得很是古怪。没有风。即便有风，白杨的话也是听不到了。

我默默走出院子，在胡同里逗留了很久。这里还留着不少四合院，八道湾十一号是最不像样的。

那时商老师已经过世，我再也无法像前两次那样将苦雨斋的状况说给他听。商老师编过一本《苦雨——周作人小品精萃》，一九九四年由上海书店出版社出版。薄薄一册，却很能反映老师的周作人观。巧得很，商老师送我的第一本书是陕西人民出版社出的《知堂小品》，送我的最后一本书是一九四四年十一月太平书局出版的周作人的《苦口甘口》。记得那是在一个傍晚，我去看望重病在身的老师。他坐在书桌后，环视书房，对我说："很多书都卖掉了，知道你喜欢周作人，给你留了一本。"说着，就把《苦口甘口》递给我。我的心猛地一沉——老师开始散书了。

《苦口甘口》是周作人总结自己思想的开端之作。他在书中说："盖据我多年杂览的经验，从书里看出来的结论只是这两句话，好思想都写在书本上，一点儿都未实现过，坏事情在人间已全做了，书本上记着一小部分。"有人说，鲁迅是热的，知堂是冷的。我以为不确切。周作人说了如此沉痛的话，却又在书中提出"中国现今紧要的事有两件，一是伦理之自然化，二是道义之事功化。前者是根据现代人类的知识调整中国固有的思想，后者是实践自己所有的理想适应中国现在的需要，都是必要的事。”伦理自然化，是要反对封建礼教，纠正种种不合人情物理的现象，要“疾虚妄”“爱真实”。道义事功化，是要反对一切八股化，落实真正的人道主义。以知堂老人的见识，在一九四四年底，他应该能根据时局大致猜出等待自己的是什么，但他依然热衷于文化批判，思想启蒙。“伦理之自然化，道义之事功化”早就是写在书上的好思想，是否实现，真不好说。我只知道，人情物理的常识还要靠写文章做讲演来传布。近几年，这类文章我写得不算少，检点一下，倒也可以编成一本小书。碰巧，华东师范大学出版社的朱永通君也有此意，于是这些文字便又有了接受更多读者批评的机会。

花几分钟读一两千字的文章，如果只是明白一点常识，在当下未免有点不经济。文章要经营——何处连，何处断，材料的处理，观点的出现——都要费心思，那样才能让读者获得多元的体验。好文章如同一个健康的人，除了肢体健全还要讲究血脉气韵通畅无碍。说说容易，做起来真难。好在有知堂老人的文章在。比如《苦口甘口》一文，老先生用大部分篇幅劝青年人不要以文学为业，他将这些劝告称为“苦口”。直到文章最后一节才用一则笔记来提醒读者“甘口”的危害。他说这是他发明的“新式作文法”。再如《遇狼的故事》，前有正文后有附记，讲旧笔记里的狼，讲自己年轻时遇狼的故事，甚至还提及西方的狼人，可就是不讲那会说人话的狼是谁。周作人对这些“不切题”“跑野马”的文章是满意的。我读了，很喜欢。一是信息量大，每次读都会有收益。二是不平铺直叙，有余味，一边读一边总忍不住去琢磨老先生为什么这样写。读着想着，就觉得美妙愉快，于是梦想着也能把文章做得像艺术品，不想落入教育教学随笔案例的窠臼，想当一株墙外的白杨，轻轻地发一点自己的声响。多年来，读读写写，孜孜矻矻，可成绩并不好。不过好文章的标准我是知道的，求上进的心思一直还在。

一九九六年底的某一天，我在商老师的书房里闲坐。老师说友人传真了一篇董桥的文章给他，题目叫《苦雨斋萧寂得像古寺》。我接过来读，文中说周作人与蓝姆一样“博读，阅世也深，只是不甘随俗，所思与所行往往不能一致，不幸手上那支笔又格外通灵，文章于是处处是朦朦胧胧的乾坤。”还说周作人出任伪职是因为“天真的矫情性格和鲁莽的反叛心理”。文章里摘引了周作人写给章衣萍的信：“北京也有点安静下来了，只是天气又热了起来，所以很少有人跑了远路到西北城来玩，苦雨斋便也萧寂得同古寺一般，虽然斋内倒算不很热，这是你所知道的。”

现在找来重读，忽然发现字句虽淡，意思却浓。一九四五年八月，周作人的《立春以前》在太平书局出版。书中有一组旧诗，题为《苦茶庵打油诗》。第一首是“燕山柳色太凄迷，话到家园一泪垂。长向行人供炒栗，伤心最是李和儿。”有些人有些事实在不是一时半会儿能想得透、说得明的。

望着窗外黑漆漆的夜色，情不自禁地想，如果老师还在，还能坐在他的书房里，在柔和的阳光中，翻翻书，说说周作人，谈谈教室内外的故事，讲讲允成的趣闻，那该多好。

2014 年 5 月 28 日

教书漫思

墙外白杨瑟瑟摇

一

前年，为学校编了一本学生作文选，其中有几篇是自己学生的习作。或许是敝帚自珍吧，闲时还常翻出来看看，总觉得喜欢。如下面这一则：

> 我从父亲手中接过一把玉米粒，放进鸟架上的杯子里。它拍了拍翠绿色的翅膀，弯下圆圆的身子，把鲜红的嘴凑近跳杠，使劲蹭了蹭。我被它那副可笑的样子逗乐了，又抓了一把玉米给它。它伸长脖子，脖子上的毛都竖了起来，睁大了那双乌黑乌黑的小眼睛，注视着我。半分钟后，它把小脑袋伸进了杯子，不停地啄食着玉米。“多多！”我唤了它一声，向它招招手。它一下子抬起头，扑腾着翅膀，蹦跳着……
>
> 这就是我家的小鹦鹉——多多。

这是文中的第一则，全文由三则这样的小片段组成，题目为《鹦鹉传奇》。每当读到这些文字，我的眼前总会浮现出那只可爱的多多。这归功于小作者细致的观察，确切的描述，还有从字里行间飘溢出来的对多多的喜爱。

我觉得在众多的文章标准中，较精炼准确的还是知堂老人所说的“人情物理”四个字。凡符合人情物理的皆是好文章。什么是“人情物理”呢？据知堂老人说，就是“健全的道德，正确的智识”。我把它理解成真实科学地描述事物，自然地流露美好的情感。我觉得上引段落是符合这个标准的。

二

现在为学生写不出好作文而发愁的语文教师越来越多了。归结原因，不外乎学生读得太少，写得太少等等。对“症”下药，让他们多读多写，可一出题目，他们仍然是眼望天花板。再找原因，学生说，不爱写，不会写。是啊，如果有人贸贸然给我出些“难忘”或者“有意义”之类的题目，我也会无从下笔。言为心声，心中有话要说，下笔作文自然顺畅些。一见题目，满眼陌生，心中无话，搜肠刮肚，勉强为之，作者读者都会觉得无趣。知堂老人的散文，我是常读的。那种笔随人意，兴之所至地自然流泻的写法，实在让人喜欢。在《风的话》中，他这样写一棵白杨：

> ……到得春季长出成千万的碧绿大叶，整天的在摇动着，书本上说它无风自摇，其实也有微风，不过别的树叶子尚未吹动，白杨叶柄特别细，所以就颤动起来了。戊寅以前老友饼斋常来寒斋夜谈，听见墙外瑟瑟之声，辄惊问曰，下雨了吧，但不等回答，立即省悟，又为白杨所骗了。戊寅春初饼斋下世，以后不复有深夜谈天的事，但白杨的风声还是照旧可听，从窗里望见一大片的绿叶也觉得很好看。

这平和冲淡的文字背后，不正蕴含着自然深厚的人情物理吗？

三

其实，大多数学生还是能写好作文的，就看教师如何引导。如果总是给他们“用一件事具体地描写一种小动物”之类的题目，那我们就看不到《鹦鹉传奇》了。只有当孩子们能在文章中真实地表达自己的见闻、感触时，他们才会喜欢作文，并把它写好。而“真实地表达”要在一种相对自由的环境中才可进行，所以教师应该把这“自由”还给学生。让他们在较宽泛的范围里根据自己的生活选材、构思、定题目，必要时再点拨一二，于是水到渠成，愁眉自解。兴许还能从作文本里听到白杨的瑟瑟，或者梧桐的沙沙呢！

1998 年 2 月 8 日

抄抄也无妨

周作人先生有一段时期写文章喜欢大段大段引用别人的文章。一些人说他是"文抄公"（他自己也说过自己是"文抄公"），而另一些人则认为他创造了"一种前无古人后亦未必有来者的文体"。双方多有争论。我是后一种说法的信徒。周作人先生的这类文章都是精心之作——所引文章的文字与意思得是他喜欢的，还要加上评语，并与引文浑然无碍。如引外国书，他就将要用的部分自己翻译过来。说得清楚些，他是借别人的嘴说自己的话。如下面这段：

> 《蕉轩摭录》卷十二《松花》条下云，"吾乡每于春服既成后，入山采松花作粉，色黄味甘，咽之他物无其美也。"案《越谚》卷中《饮食部》中有松花粉，注云："山松春花，黄细如粉，樵采，入面粉，清香仙家味。"松花粉平常多和入米粉中为糕干，名曰松花糕干。又糕店作小麻糍如鸡子大，中裹糖馅，外涂松花，名曰松花小鸡，小儿甚喜食之。

老先生抄书抄到了“人我一体”的境界，真叫喜欢写写文章的后人既羡慕又无奈。也只好“虽不能至，然心向往之”了。

说到抄书抄文章，忽然想起一件事。那次我到大理旅游，刚到洱海的码头边，周围就挤过来几个兜售地图、帽子和太阳眼镜的妇女。正要脱身离开，突然耳边传来一句“买张地图吧，回家可以写作文。”我以为自己听错了，又侧耳细听，没错，那妇人正对着一个小学生重复那句话。地图与作文有什么关系？我好奇地上前询问。“地图上有不少关于大理洱海的介绍，写作文的时候不是正好可以用嘛。”原来如此。虽然我不需要写作文，但为了游览方便就买了一张。打开一看，真有不少介绍，文字也算简洁得体。如写洱海的这段：

> 洱海，因湖形似人耳，气势如大海而得名。面积240平方公里，海拔1972米，为我国七大淡水湖之一。洱海湖与苍山积雪相映，有“青洱银苍”之誉。当皎洁的月光倒映在清澈的湖水之中，则称为“洱海月”，是大理四大美景之一。

那妇女还说自己曾是小学教师，真假暂且不去管他，但她前面的话我以为还是有道理的。

小学生写作文最怕两条，一是无话可写，二是有话不知如何写。无话可写，好办，引导他们去观察、去体验、去经历。只要引导得当，孩子（特别是低年级的孩子）能很快找到材料。如果起步时好好培养，使孩子养成观察记录的习惯，今后写起作文来就会很轻松。而有话不知如何写，是因为孩子缺少必要的语言积累，看着眼前的事物、风景不会表达。两者相比，后者更容易破坏小学生学习作文的积极性。解决的办法是让学生多读书，而且最好能有人认真指导。学生读完如果再组织一些交流活动，则效果更佳。同样，读书的习惯也是培养得越早，效果越好。

不过有时我们也会遇到这种情况，一个刚到你班里的四年级或者五年级的学生，由于种种原因语言积累少得可怜，语言感觉极差，写作兴趣和应有的好习惯全无。一写作文就苦恼不堪，即使写出来也是句子不通，错字连篇，不知所云。真是既不知道写什么也不知道怎么写。这时该怎么办？我想，只有“抄”是最可行的权宜之计了。一方面，从心理上讲，让这样的学生抄一篇作文，完成一次他无法独立完成的作业，对他来说是一种轻松，一种解脱。烦躁不快的情绪到此结束，不至于影响其它作业的完成。另一方面，这样的孩子往往没有阅读的习惯，与其给一本书让他自己读，不如为他选一篇好文章让他抄一抄，然后让他再大声地读几遍，或者选一些文中的好句子让他背一背（数量上由少到多，循序渐进），由此来达到积累语言和培养习惯的目的。这样的练习如能经常进行，孩子就能赶上来。

对作文基础好的孩子而言，有时他们在文章里抄引一些别人的句子，教师也应该宽容地看待。孩子想要抄些好句子，无非是觉得别人的话说得好，引过来可以为自己的作文增色，或者因为有些话自己说不清，借别人的嘴来说，这有何不可？孩子终究是孩子，过分的要求会影响其学习积极性。

“抄”别人的作文在有些人的眼中如同洪水猛兽。其实大可不必，我将其视作一种特殊的学习方法。关键要看到“抄”不是目的，而是手段，所以问题不在能不能“抄”，而在于不能一“抄”了之。不管哪种抄，教师都应该积极做好后续的交流、点拨、启发、引导工作，并多加鼓励，使学生获得良好的作文心理机制、敏锐的语感，内化更多的语汇，感受到作文的乐趣，而不是培养抄袭的恶习。

试想，那个洱海边的小学生在作文本上留下了游览的足迹，当老师表扬他善于摘引句段，使读者也有了去洱海看看的冲动的时候，他的心中将会弥漫着一种怎样的激情啊。

2003年6月29日

一 日

清晨，我走出宾馆，漫步在华南师大的校园里。和国内很多大学一样，这里不仅是学校，也是一个相对独立的生活社区。街心花园里，不仅有高声读英语的女学生，还有跳健身操的老人。这也可以算是一种独特的人文景观吧。走在路上，微风拂面，有些凉，很舒爽。两边树木茂盛，几乎构成一个拱形的穹顶。密密匝匝的绿叶，或粉或紫的繁花，让人感受到浓浓的南国气象。

傍晚，在手球馆里上《江南春》。第一次在傍晚上公开课，调整了一下原来的教学设计，增加了请听课教师一起读诗，请学生用广东方言读诗的环节。班级里只有三分之一的孩子能自如地说广东话。方言的传承越来越难了。孩子们曼声读来，那声音宛如天籁。我使劲为他们鼓掌，并告诉他们，广东话是最接近古代语言的方言，说不定古人就是用类似的语音说话读诗的。我还说，这比用普通话读好听一千倍。学生显然有点惊讶。我是有点夸张，但在诗教的课堂上，我为什么不能用夸张一点的方式表达感受呢。

晚上，到校园里散步。一个下沉式广场上正在举行庆祝华南师大武术协会成立二十五周年的晚会，估计是学生会组织的。我去的时候，几个大学生在唱歌，串场热身。随后便是学生展示太极、空手道、搏击三个板块的内容。激越的配乐，精彩的表演，时时引来掌声一片。其间还穿插了一些上下互动的小游戏，同学们踊跃上台参与，笑声连连。和早上一样，观众由大学生和居民组成。最有趣的是，看台边有几个五六岁的小孩子，始终跟着台上的表演者像模像样地比划拳脚，真是稚气可掬。最后主持人索性邀请大家一起为这些孩子们鼓掌叫好。

每到一地，我最喜欢混在当地人中，观察体验他们的日常生活。坐在青岛的小巷里喝小米粥，站在南京中华门前看老人遛鸟，到鼓浪屿的街边看人们喝茶下棋……于我，这些都是极美妙的享受。如今挤在观众群里，看着摇曳的灯光，感受着律动的节奏，我被这广场上弥漫着的青春气息、勃发的生命力感动。当一个人的潜力、创造力被良好的教育激发出来，那是多么美好的事啊。

耳边忽然响起"昏睡百年，国人今已醒……"这是香港电视连续剧《霍元甲》的主题歌，是我童年记忆的重要组成部分。台上，两个年轻人身着白色的功夫衫，劲道十足地演练太极刀。我身边的一个观众说，还是老歌好，有三十年了吧。好像是的。

空气中的气味让我想起多年前在南方的经历……

我甩动手臂，舒展着身体，慢慢向宾馆走去。

树影婆娑，多么安静的小路啊。

2010 年 11 月 27 日

说说闲暇

我在师范学校读书时，养成逛书店的习惯。线路基本固定——乘车到福州路，先去上海书店（那时还没有上海书城），那里的旧书店很不错，只要细心淘，总能有惊喜。有段时间，那里常举行旧书展，我还曾在某次旧书展上挤断过皮带，场面之火爆由此可以想见。从上海书店出来，过马路是古籍书店。古籍书店的店员素质是上海几个大书店中最好的。向他们查询书籍，不会答非所问。沿着古籍书店往前走，是外文书店。外文书店旁开过一个旧书店，门面很小，里面大都是外国文学类书籍，价格很便宜。再往前，到了科技书店。名曰“科技”，实际上社会科学类书籍也很多，而且还能见到别处见不到的冷门书。我书架上的俄国小说大都是在那里买的。这样一路逛下来，就到中午了。科技书店旁有一家小点心店，店里的水饺皮韧汁多。我不大喜欢面食，但看了一上午的书，到那里吃一顿水饺，还是很叫人愉快的。午饭后，沿着山东路去南京东路新华书店。出来，回到福州路，乘车到建国西路瑞金二路。那一片有席殊书店，东方书林俱乐部、上海文艺出版社、上海文化出版社、上海古籍出版社的门市部。有一次，走到绍兴路上的上海文艺出版社门口，正好遇到作家签名售书。冷冷清清，几个读者和记者在路边聊天，作家们坐在一排桌子后面说说笑笑。那时的绍兴路十分幽静。参加活动的有刘心武、王安忆、赵丽宏等。我买了一本《四牌楼》，请刘心武签了名。现在绝不会有人在那样安静的地方搞签售活动了。几个店走完，将近三点，坐车回家。这是一条常规线路。还有一些非常规线路，比如去文庙书市，这里就不写了。那时供自己支配的时间很多，可以用一整天来逛书店。去书店，买书是其次，看书才是主要的。看的过程，让我很快乐。为什么快乐？以前我想过这个问题，没找到答案。现在一边写一边想，好像有答案了——快乐源于闲暇的状态。

成人需要闲暇，未成年人也需要闲暇。就小学生而言，有了闲暇，他们就能去阅读。阅读各类书籍，了解自己想知道的讯息，得到愉悦。虽然现在上网方便，但我一直固执地认为，要为人的精神世界打好底子，还是得靠在青少年时期阅读经典书籍。有了闲暇，他们可以尽情地和同伴游戏、活动。在游戏中学会与人交往，学会玩耍的技能，扩展知识，获得体验。有了闲暇，他们能做很多想做的事情，享受到快乐。

读到这里，或许有读者要笑我痴人说梦了。让小学生、初中生得到闲暇，有可能吗？他们有做不完的作业，参加不完的补习班。

每当见到那些在双休日背着书包急匆匆赶场子的学生，我总忍不住想，为什么好成绩要这样补出来。这些孩子上课时在做什么？不，这话说错了，应该是平常上课时老师在做什么？

有一个初中生用很简单的语言评价父母请来的家庭教师——这个老师好，不是只让我做考卷，而是能清楚地讲方法。学生对教师的要求真是低到了极点——讲清楚方法即可。反过来说，如果教师连这起码的要求都达不到，学生也就只能牺牲业余时间赶场子了。

让学生获得闲暇是可能的，关键是教师在课堂上实现有效教学。回到家，学生完成的是有效作业。要做到上述两条，得靠有效教研来保障。教学、作业一旦有效，一方面学生不必陷于题海，不必忙于补课，另一方面教师的业务能力也会得到提升，避免让职业生涯异化成出卷子、批卷子、讲卷子。这不是艰深的道理，这是常识。当然，在当下的大城市里要得一份闲暇不是容易的事，真要找理由，主客观原因有不少。但即便如此，我觉得教师在自己的三尺讲台上是可以有所作为的。正所谓从自己做起，从点滴做起，积少成多，就能推动变革。

一个明朝人说："空山听雨，是人生如意事。听雨必于空山破寺中，寒雨围炉，可以烧败叶，烹鲜笋。”我很喜欢这段话。文字背后有读书人丰赡的精神世界，这是闲暇创造出来的文化。教师的精神生活理应是富足的。只有扎扎实实讲好每一堂课，才能把自己和学生从无端的负担下解脱出来。那时，你不必等细雨迷蒙，也不必去空山破寺，哪怕只是在校园里的花坛边走走，也能走出闲适安逸的步态。与此同时，学生的生命亦会放射出生机勃勃的美妙光华。

2011 年 4 月 5 日

主意的背后

有一年夏天，家里的空调坏了，买了台新的。不过安装时遇到了麻烦。空调的滴水管要从阳台地板下穿到阳台外面去，可是地板下的管洞不是笔直的，加之洞口不大，滴水管很难从里面穿出去。大家正在发愁，装机工人中的一个中年人想出了主意——先用铅丝从外往里穿，因为铅丝细容易从地板下的洞里穿过来。再用铅丝绑住滴水管，拉留在外头的铅丝。一试，果然成功了。一个看似普通的主意，背后是一种逆向思维能力，是从丰富的工作经历中提炼出来的智慧。

类似的例子在各行各业有经验的从业者身上都会发生。有一次，我去参加自然常识组的教研活动，大家讨论的主题是溶解。判断物质溶解于水的标准之一是水中加入某种物质后，水依然是透明的。高锰酸钾是可溶解的，但高锰酸钾溶解之后，水变成红色，会给学生带来错误的体验——水不透明——高锰酸钾不可溶解。谈到这里，一位老师说，他做这个实验时，只用钥匙尖挑一点点高锰酸钾倒入水中。于是，高锰酸钾溶解，水变成红色，但由于量少，学生就能比较清楚地观察到水仍是透明的。这“一点点”，说得简单些，是教学经验，说得具体些，是执教者对教材中知识点的深刻理解，对学生学习规律的全面把握。

还有一次，我去听一堂英语课，上的是牛津教材中的阅读理解。说是文章阅读，但执教者在教学中却不急于将文章拿出来组织学生读读讲讲。而是由句式练习入手，借助有趣且有效的图式，引导学生循序渐进地讲述故事。到最后，才出示阅读材料，组织学生朗读。有了之前的基础，学生在朗读文章时就避免变成“小和尚念经”，而是将文章朗读与意义理解真正联系起来。当嘴巴读出一个个单词时，脑海里也呈现出了一幅幅与文章内容相关的画面。一个普通的教学程序的颠倒，几个简单的图示的引入，使阅读成为真正有意义的阅读。

从事某种职业，就要具备相应的职业技能。比如从事教师职业的人应该具备解读教材的技能、设计教学环节的技能、组织教学的技能、与家长交流沟通的技能等等。这些技能从哪里来？一是向有经验的前辈请教，二是靠自己在教育教学实践中琢磨钻研。由于教师的工作对象是一个个活生生的学生，同一条经验在不同学生身上效果也会不同。因此，教师还需要不断将职业技能变为教育教学实践智慧。有了实践智慧，教师在教育教学活动中就会灵光顿现，收获更好的教育教学效果。一位美术老师指导学生给同桌画像，作品完成，讲评展示之后，教师突然让全班同学起立，将自己的作品送给同桌，并且握手致意。就是这样一个举动，一张儿童画不再是一张普通的儿童画，而是具备了教育的意义，人情的温暖。

具备了扎实的职业技能的教师是成熟的教师，具备了丰富的实践智慧的教师是优秀的教师。智慧的获得与天赋和思维方式有关。天赋，不去说，只说思维方式。比如，现在教师常有各类听课评课的机会。有的教师听课时会关注执教者优美的教学语言，有的教师会沉浸在执教者营造的美好的氛围中，甚至因为执教者的煽情而或欢笑或流泪。但有的教师则不会这样，他们会去关注课堂上的学生，关注执教者是否引导学生完成从不会到会的过程，研究这个过程是如何设计、如何实施、如何反馈的。两者的不同，就在于思维方式的不同。

在一节自然常识课上，教师让学生压碎花生，检验花生内是否存在油脂。两个孩子做实验时，用前一个实验中使用过的烧杯压花生，最后把烧杯弄坏了。课后，我问执教者，这一情况让你想到什么？实验之前如果将一些注意事项跟学生讲解一下，或者组织学生讨论一下，就不会出现这样的情况。幸好烧杯碎得不是很厉害。

教师思维方式的改变和优化就是在不断提醒、学习、反思中完成的。外部促进，是一个方面，主要还得靠当事人用心。

说来说去，根本就是一条——要设身处地为学生着想，要真正做到将心比心。用了心，思考会更周密，情感愈加真挚，方法自然多样。

2011 年 4 月 11 日

文化在哪里

今天开始给学生讲《论语》和周作人的《儿童杂事诗》。讲《论语》用的是李泽厚的《论语今读》，讲《儿童杂事诗》则依据《周作人诗全编笺注》。后者虽然印制不精，但好像是目前唯一一本周作人诗歌全集。周作人很珍视自己的这部《儿童杂事诗》，去世前还抄了一份。后来多家出版社将其影印出版。有人说，周作人的字有唐人写经的味道，说得很对。

打开《论语今读》，发现第三十五页夹了一张从绘图纸上撕下的纸条。一看就知是父亲留下的。父亲读书有个习惯，不喜欢用书签，更不喜欢折书角，看到哪里就夹一张废纸条或者剪报。我成年之后，父亲基本不买书，只看我买的书。这本书他看了三十几页就停下了，现在已经想不起原因了。给学生讲之前，重看了前言。有段话很喜欢，抄在下面。

> 最使人感到惊异的是，公元前五百多年孔子讲的

话，即当时的口头语言经文字记载后，今天大都能读懂，困难不多。这也可说是世界文化的一大奇迹。今天绝大多数人就无法读懂十一世纪的英文。这成为我一直坚决反对汉字拼音化、拉丁化的重要原因。汉字在培养中国人的智力（记忆力、理解力和思维能力）上，在统一方言，形成强大持久的经济政治局面上，在同化外来种族特别是形成华夏的文化心理结构上，起了无可估量的巨大作用。传说“仓颉造字”使“天雨粟，鬼夜哭”，民间也常有“敬惜字纸”的标语张贴，都展示出汉字的既神秘又神圣的地位。可惜至今对这一点仍然研究不多。

说到“敬惜字纸”，我忽然想起龙应台在《什么是文化》里写过这样一件事：

> 在台湾南部乡下，我曾经在一个庙前的荷花池畔坐下。为了不把裙子弄脏，便将报纸垫在下面。一个戴着斗笠的老人家马上递过来自己肩上的毛巾，说，“小姐，那个纸有字，不要坐啦，我毛巾给你坐。”

类似的例子我也遇见过，对我说类似的话的老人并不识字。龙应台还写道：

> 胡兰成描写他所熟悉的江南乡下人。俭朴的农家

> 妇女也许坐在门坎上织毛线、捡豆子，穿着家居的粗布裤，但是一见邻居来访，即使是极为熟悉的街坊邻居，她也必先进屋里去，将裙子换上，再出来和客人说话。穿裙或穿裤代表什么符号会因时代而变，但是认为“礼”是重要的——也就是一种对自己和对他人的尊重，在农妇身上显现的其实是一种文化的底蕴。何谓底蕴，不过就是，没有学问、不识字的也自然会知道的礼数，因为祖辈父辈代代相传，因为家家户户耳濡目染，价值观在潜移默化中于焉而形，就是文化。农妇或许不知道仲尼曾经说过“尔爱其羊，吾爱其礼”，但是她举手投足之间，无处不是“礼”。

把上引段落中的“文化”说得具体一点，就是中华传统文化，是传统文化中的精华部分之一，是我们要继承的部分。气质中具备了这样的文化，生活中浸染着这样的文化，我们才能算是真正的中国人。现在有些人意识到传统文化的传承问题，积极地做研究、搞实践，不过在实践中需要甄别，剔除糟粕，把握中华优秀传统文化的精神内核。时代的脚步不断加快，传统文化必定要随之前行，走不了的只能被淘汰，这是规律。能跟着时代一起走的，必是与人类社会的普世价值合拍的，受到那样的传统文化熏陶的人能活得像个人。

有些同行听了我的古诗课和相关讲座，常会提出，如何利用古诗教学教传统文化之类的问题。其实，文化不是上课教出来的，而要靠耳濡目染地熏陶。教师首先自己得有文化，并不断磨砺自己的品行，然后真心诚意地关爱学生，这样才能在一言一行中让学生获得感染。记得丰子恺先生笔下的李叔同先生对一个关门时把门碰得很响的学生是这样做的："先叫他进教室来。进了教室，用轻而严肃的声音向他和气地说：'下次走出教室，轻轻地关门。'就对他一鞠躬，送他出门，自己轻轻地把门关了。"如此师表难怪丰先生要发出"在我们这师范学校里，音乐教师最有权威，因为他是李叔同先生的原故"这样的感慨了。这就是传递文化，这就是文化的力量。

我很喜欢《什么是文化》一文的结尾，决计再做一次"文抄公"：

> 对于心中某种"价值"和"秩序"的坚持，在乱世中尤其黑白分明起来。今天我们看见的巴黎雍容美丽一如以往，是因为，占领巴黎的德国指挥官在接到希特勒"撤退前彻底毁掉巴黎"的命令时，决定抗命不从，以自己的生命为代价保住一个古城。梁漱溟在日本军机的炮弹在身边轰然炸开时，静坐院落中，继续读书，思索东西文化和教育的问题。两者对后世的影响或许不同，"抵

抗”的姿态却是一致的。

对“价值”和“秩序”有所坚持，对破坏这种“价值”和“秩序”有所抵抗，就是文化。

2011年5月20日

公平地对待每个学生

记得刚走上讲台时，学校为我们这些新教师每人指定了一位师傅，而且还专门举行了拜师仪式，还邀请了我们的父母参加。仪式的最后一个议程是家长发言。父亲当时说，一日为师，终身为父。希望我能尊敬师傅，好好学习。

“师傅”，有时也可以写作师父。在古代，年轻人向师傅学习手艺，等于师傅给了自己活命的“饭碗”，因此师傅和给自己生命的父母是同等的重要，以师为父也是自然了。到了当代，“一日为师，终身为父”主要是指尊师重道。我的师傅与家父同龄，音乐教师出身，后来年纪大了，改行做语文教师。或许觉得在语文教学上没有什么可以教给我，所以他几乎不跟我讲语文的事情。讲得比较多的是，如何做好常规教育教学工作，如何与家长交流，如何为人师表。

现在想来，师傅当年教我的是从事教师职业的基本能力。如果没有这些能力，遑论钻研学科教学。就像还没有学会走，就要学习跳一样，结果如何可以想见。一种职业有一种职业的操守，一种职业有一种职业必备的技能。如果突破了职业道德的底线，如果学不会必要的职业技能，那么套句古话——祖师爷没有赏你这口饭吃——最好还是改行。

逢年过节，有些家长感念教师平时的辛苦（有的家长是为了让老师多照应自己的孩子），送钱送礼聊表心意。教师如若收下，便是破了底线。如果因为收了这个家长的礼，就对这个孩子多加照顾；没有收到那个家长的礼，就对那个孩子不管不顾，那是大错特错。一经发现，按照制度处理就是。道理不用多讲，常识而已。从一定意义上说，在一个班级中，教师如果不能公平公正地对待每一个学生，就没有真正的教育。

除去上述特殊的例子，在日常教育教学中，教师如何公正公平地对待每个学生呢？我看，首先要正确认识学生间的差异。在小学阶段，孩子先天的记忆能力、事物迁移能力、逻辑思维能力、语言感受能力会对其学习情况产生重要影响。我遇到过学习很轻松的孩子，在整个小学阶段，从来没有让家长在家帮助她默写过词语，都是一堂新课上完，生字新词就记住了。我也遇到过，一个词语默写数天还是记不住的孩子。这样的先天差异，注定了有的孩子听老师讲一遍就能学会，而有的孩子必须听好几遍才能掌握某个知识。教师在备课、上课时就必须关注这些得听几遍才能学会的孩子。在课堂教学中，将目光更多地集中到班级中后百分之三十的孩子身上，特别是一些家庭教育背景不佳的孩子。课堂上的学习几乎是他们学习经历的全部，教师把这些孩子教好了，用老话说，就是积下了大功德。另外，教师应该为不同的学生设定不同的学习目标，并不是人人都要考到一百分才可以得到表扬。比如，一个常考不及格的孩子，如果能考到六十分，便是极大的进步，教师要抓住这样的契机，在全体学生面前鼓励他们，帮助他们树立信心。

其次，想让班级里的孩子获得公平的教育机会，就得让每个层次的学生都在原有基础上获得发展。要做到这一点，教师必须不断提高自身教学技能，坚持不懈地改进课堂教学。课堂教学改进是一个内涵很丰富的概念，它不只是一堂课中某个教学环节的修改调整，而是基于教师对学生学习情况的观照，对教材的钻研，对自身教学行为的反思，对同伴经验的分享，通过有效的校本研修来实现的，一种持续性的专业能力提升行为。

怎么做，课堂教学改进才能更有效？

教师在琢磨改进课堂教学时，不能就课论课，而应该从课程的角度来思考这堂课中牵涉的知识点、能力点在本学科中所处的位置。只有掌握了宏观的视野背景，才能将微观的教学技巧发挥得淋漓尽致。教师每个学期初最好依据课程标准，研究一下学科教学目标和学生学业目标。将每个阶段、单元的教学、学习要求梳理出来，制成表格，做到了然于胸，使其成为寻找课堂教学不足、实施教学改进措施的依据。久而久之，教师的课程意识就能增强。教师上课、听课、评课、研究课、改进课不再拘泥于细枝末节，而能从高处着眼，小处入手，抓住学科本质，明确教学目标，合理开发利用教材，关注全体学生需求，最终实现有效教学。

前辈名师往往靠着自己的努力奋斗，在教学上闯出新路，获得成绩。据我所知，个别名师因为种种原因，在专业发展的道路上非但得不到帮助，还受到不合理的阻挠。所幸，这样的事情现在几乎绝迹了。随着时代的进步，教师专业发展的空间越来越大，机会越来越多，教师的业务能力普遍提高。于是我们发现，在当下，一名教师凭着一己之力去发现、解决自己课堂教学中的问题，不是一个好办法。闭门造车式的教学改进，终究比不上博采众长。所以个人的教学改进最好和整个教研团队紧密关联。教研团队的引领者应该将成员需要改进的点整合起来，提炼成一个或者多个校本研修的主题，然后设计方案，逐步实施。这样，团队的发展能成为个人成长的土壤，个人发展则会提升团队的整体品质。而此时，最大的得益者就是学生。

常有同行问我如何解决教师的职业倦怠问题。我说，克服倦怠的最好办法就是不断发现教育教学的乐趣。乐趣从何而来？先决条件是教师能够真正地平等对待学生，多站在学生的角度思考问题，将心比心地帮助、爱护他们。在小学，教师和学生是可以互为老师的。学生从教师身上学到知识、能力；教师从学生身上感受童心童真。由此，可以推想到在教学中，教师与学生都是主体。因此，应由老师讲的地方，老师就该清清楚楚当仁不让地讲。应由学生自己学的地方，教师就放手让其自由学。有一次，我去听一节三年级作文课，内容是描写玩具鲨鱼。教师让孩子们观察之后随意描述玩具的外形。一个孩子说，这条玩具鲨鱼的眼睛瞪得大大的，好像很凶恶，我很喜欢它。明明是"凶恶"，却不害怕，还"很喜欢"，这是典型的儿童思维。孩子一旦长大，这样的思维就会消失。这样的思维是在教师给了学生和谐平等的环境，自由自在的空间才出现的。它需要呵护。它是多么美妙。它让执教者和听课者感到教学是那样的美好。

前段时间我听到一个故事，正好与上述课例相反。一个初中语文老师在上课时组织学生讨论：作者为何用"掏"这个动词来描写，而不用"拿"或者"摸"？"掏"字反映出作者怎样的思想？一个学生回答，作者就是根据语境流畅地写的，没有什么特别。老师纠正道，名家名文都是需要逐字推敲的。学生争辩，于是师生起了冲突。晚上，老师打电话给家长，说孩子骄傲自满，不尊重老师。

这位老师面对学生的质疑，不仅没有心平气和地讲出自己的道理，还要通过"告状"来解决问题。这件小事暴露了该教师教学技能的缺失，本体性知识的缺乏。而更深层次的问题就是教师不能平等对待学生，总觉得自己是对的。家长事后不无担心地对我说，以后老师会不会对孩子“区别对待”啊。

平等地对待每个学生，把学生当作独立的生命个体来善待，实在应该成为教师的职业素养和职业底线。这需要教师不断反思，自我修炼。在如今浮躁的环境中，要这样做，不是易事，可既然选择了教师职业，就必须守住内心的宁静。

只有具备了正确的学生观，练好了过硬的教学技能，公平公正的教育（起码是在一个班级里）才能实现。

2011 年 5 月 26 日

小溪流的故事

读小学的时候，我看过动画片《小溪流》，印象很深。这是部很有当时时代特色的作品。到了初中，有一次老师要求我们写一篇想象作文，我想到了它，就凭着印象把它改写出来。后来读到严文井先生的《小溪流的歌》，才知道这部动画片的出处。

小学课本中的《小溪流的歌》由原著删节而成，原著中每个章节都有一些结构相同的句式段落，这是该作品的一大特点，但课文中没有。因此在教《小溪流的歌》时，我采用原著与课文对照阅读的方式，和学生一起比较两个文本的不同之处以及优劣。

课上到最后，我提了一个问题：你对小溪流奋勇向前怎么看？一个学生说，对于小溪来说，它们不停向前流是对的。但是如果对于人来说，应该听从枯树桩的劝告，歇一歇再走。要学会休息。现在的小学生真是有见识。另外几个孩子发言，也讲了相同的观点。我很认同孩子们的话，并把“文武之道，一张一弛”写在黑板上，告诉大家，任何事物的发展都应该遵循这个道理。

西哲有云：儿童是成人之师。这真不是虚言。儿童世界和成人世界各有特色，各有未解之奥秘。彼此了解，不是易事。因此，儿童与成人需要互相学习。在课堂上，尤其要注意营造这种相互学习的气氛。怎么做呢？不难，给学生足够的空间和时间，平等地引导其自由思考。有一次，我教《荒芜的花园》一课，也是上到最后，我问，如果把每个人的心灵比作花园，该如何做才能让“花园”不荒芜呢？学生们依据之前的学习，有的说，要种上分享的树。有的说，要种上理解的花。有的说，要有宽容的草坪。说着说着，忽然有一个孩子说，还要有割草机。之前的回答都在我的预设之内，“割草机”却是没有想到过。这能代表什么呢——是反思。当时，我惊喜莫名。几年过去了，这个案例我一直记得。在那次交流中，我和学生都得到了成长。我总觉得，能让师生共同成长的教学才是最好的教学。让学生敢于、善于思考表达，不只是语文教师的事，所有教师一起行动，成效会更好。那时，课堂上就能绽放出智慧的火花，它能照亮师生前行的路径，实现共同成长。

回过头来说说严文井先生，我原先只知道他是一个文艺官员。后来读了邵燕祥先生的一篇回忆文章，才了解到严先生更是一位正直的知识分子。前段时间读到王培元的《在朝内 166 号与前辈魂灵相遇》，其中一篇写的是严先生，材料很丰富。作者说严先生是“从延安那片黄色圣土走进新中国红色大门的作家，但是他和一般的解放区作家似乎又有不同”。

“他从不趋炎附势，主动整人。做表态性批判发言时，也从未疾言厉色。”因为民族救亡运动，严先生投身革命。经历了许许多多风雨坎坷之后，他深刻反思，“获得了一种心智的澄明，有了一种大彻大悟”。八十年代初，严先生以《散花》为题，写过一组寓言，很能反映他反思的深度。如：

> 胆小的老兔子临终时要做一件勇敢的事，就是讲心里话。他小心翼翼地对小兔子讲狼是我们的敌人。随后又问：“狼在不在附近？”

又如：当有人说到周扬在“文革”后流泪忏悔时，严先生却说：“他在延安就这样，善于表演，今天对你流泪，明天就可能整你。”

这种大彻大悟是用痛苦换来的。

严先生说：“我的心是柔和的。”所以他能为孩子们写童话，他能成为“两头真”的老人。

文章最后写严先生晚年常读佛经。我突发奇想，如果严先生晚年修改《小溪流的歌》，小溪流还会一直向前赶吗？小溪流会不会听从枯树桩的话，停下来，歇一歇，聊聊天，抚慰一下枯树桩寂寞的心，让枯树桩旁的那片枯黄的草吸点水，重新萌发绿意呢？那样的世界，会不会更美好一些？

2011年6月10日

发现趣味

一

前段时间读赵越胜的《燃灯者》，真是好书。香港牛津大学出版社的书是当得起“文质兼美”四个字的。这个“质”指的是装帧、用纸、版式。作者年轻时机缘巧合，曾听周辅成先生讲课，结下情谊，人到中年，但写起老师来常常像个小孩子，叫人读来充满感动。这是难得的赤子之心。《辅成先生》一文中类似段落很多。如：

> 拜谒卢梭，参观米勒画室是先生的夙愿，终得一了，先生心情极好。有邦洛大姐在旁精心照料先生的起居饮食，先生说他在巴黎住一个月，人都胖了。我和雪能得机会侍奉晨昏，也觉心满意足。时间飞驰，不觉先生离法的日子就到了。虽说早知聚散无常，但偏偏“情之所钟，惟在吾辈”，终不能若无其事，心中怅怅是难免的。送先生返京的那天，托运好行李便与先生坐在咖啡吧

闲聊。先生突然从包中拿出厚厚一叠纸张，一看是先生的全套医疗档案。心电图、化验单一应俱全。先生说我来前知道医生不愿我长途飞行，但我决心不理会，为防万一，我还是准备了一份病例副本，省得万一需要看病让你们措手不及。听先生这样讲，我鼻子有点酸，急忙打岔，安慰先生，说知道先生身体无大碍，必有百岁洪寿。先生大笑，说“老而不死谓之贼”，我可不愿当百岁老贼。送先生到登机厅，先生过安全门后回过身来，举起手杖，双手做一揖，便转身去了。我一下子忆起七六年初，寒冬雪夜，在鼓楼送先生上七路无轨的情景，一晃二十年了。此一别，与先生远隔重洋，不知几时才能相见。一下子眼泪夺眶，急拉住雪，掉头走了。

周辅成先生是哲学家，北大教授，著有《论人和人类的解放》。这是多年前的书了，我的书架上有一本，可恨自己不用功，只是浏览过。周先生一代大哲，身后清冷。不过，我觉得这清冷恰是周先生的荣耀。

《辅成先生》中的直接描写叫人感动，间接写来，感动之余更让人回味无穷，再抄一段：

此时，夕阳的余晖正把圣母院的倒影投入塞纳河心，游船驶过，波浪起伏，摇荡一河碎金。我扶先生步上双桥，先生突然停步，凭栏而立，眺望河水，沉默不语。

老先生当时在想什么？作者写出了自己的猜测——

我待立一旁，不敢打搅先生，心里却好奇先生在想什么。许是想起夫子云“逝者如斯夫，不舍昼夜”？许是想起赫拉克利特所说“人不能两次踏进同一条河？”许是想起阿波利奈尔的《桥上吟》“疏钟阵阵，流水荡荡，我们的年华一逝无踪？”不，先生此刻倒可能想的是身边这个顽劣小子，二十余年耳提面命，而今却遁身绮靡之乡，混迹孔方之场，武不能剑行天下，文不能笔写华章，虽忝为弟子，却不窥门墙，年岁徒长，依旧废人一个。可以想见先生心中的无奈与失望。但先生大人大量，从未因此责备过我，至多是嘱我不要荒废学业，有时间还要多读书，多想问题。先生的话我是谨记在心的。

读到这里我也在猜测。我的想法和作者不同。我猜，老先生当时心中一定纠结着家国梦想、惨淡现实以及人生的无奈。美与丑，善与恶，坚持与放弃，改良与革命，期待与失望，短暂与悠长……带着这样的猜测，再读读这句话，不胜唏嘘。

如此想着，如此读着，从一本书里获得自己的体悟，咀嚼涵泳，沉浸其间，这便是读书的趣味吧。随着年龄渐长，越来越觉得坚持读书，无非就是为了发现趣味，享受趣味。

二

有一次，我在一本杂志上读到两个小学语文教学课堂实录，还有一份相关辩论记录。我将其推荐给单位里的语文教研组长。三天后，我去参加语文教研活动，没想到，活动内容就是针对我推荐的那组材料的研讨。

教研组长在说明活动意图后，请大家先对两篇课堂实录的标题（一篇是《体验一种精神，感悟一种人生态度》，另一篇是《琴声有旋律，语言有韵律》）发表意见。组长特意邀请了几位骨干教师来说。大家的意见很统一，认为后者才符合小学语文学习的要求。随后主持人又抽出实录中的重点环节，引导大家发表观点。

接下来是讨论那份辩论记录中的三个议题。这次，组长特意邀请了几个青年教师。一位女教师认为“要不要告诉学生真相”的议题不需要讨论，告诉与否都无所谓，和语文课没有关系。她认为“人文性情感性强的文章怎么教”是自己非常感兴趣的，而且急于想知道答案。一位男教师则认为，三个议题中最有价值的就是“要不要告诉学生真相”。从辩论的角度看，这个题目是真正的辩论题。其余两个都是问题的阐述，不是辩论题。

讨论很热烈，很真诚，持续了很长时间，研修效果非常好。

教研组长在得到了我推荐的材料后，很精心地设计了教研活动。她请骨干教师来谈课，以促进所有教师在语文教学核心问题上达成共识。再请青年教师对辩论主题发表意见，给新教师表达想法的机会，并发现他们的优势与不足。

一份资料引出了一次成功的教研活动，可以说，这和教研组长的专业能力有关。除此之外，我以为，也因为教研组长能享受到专业引领给自己带来的乐趣。在谈及组织这次教研活动的原因时，组长笑笑说，这样的内容、这样的形式蛮有意思的。

享受到趣味，司空见惯的教研活动能做出新意，做出效率。

常有人跟我交流如何解决教师职业倦怠的问题。在我看，很简单，就是要发现教书的趣味。找到了趣味，辛苦可以消解，困难可以解决。如何发现教书的趣味——把教育本质、学科本质想明白，理智平等地对待每个学生，扎扎实实地练好教学基本功，这是前提。

三

最近，听说《燃灯者》经技术处理后，在湖南文艺出版社出版。有更多的读者可以读到好文章，享受到阅读的乐趣了。我打算买一本，两个版本对照读一遍，应该很有意思。

教书与读书一样，发现了趣味，就能教得舒心，读得通透。

2011 年 9 月 18 日

"一见钟情是一种化学反应"

一

我喜欢读几米的漫画，细腻的线条，敷上并不绚烂的色彩，满是淡淡的忧郁。喜欢几米作品的人应该不少，于是前几年他的《向左走向右走》被搬上了银幕。首映式上有记者采访男主角的扮演者金城武，问他是否相信一见钟情。他的回答大都记不清了，唯一有印象的是，他说一见钟情是一种化学反应。

有人问，世界上有没有一见钟情，回答不一，我相信是有的。一见钟情不是凭空而来的，它是长期存在于脑中的一种观念、一种审美意识在受到外界影响后的瞬间认同反应。而且我还以为，一见钟情不仅仅存在于男女之间。观赏一处景物，认识一个朋友，发现一本好书，都会使自己体内的某些激素发生化学作用，使人兴奋，使人获得一见钟情的快感。

上课，也是如此。教师读到教材，如果也有一见钟情似的激动，产生灵光乍现的感觉，那么课就会设计得精彩一些。听上去有点玄，可它真的存在。各个行业都会出现一些特别优秀的人物，他们之所以优秀，就是因为他们能想到别人想不到的事，他们的灵光更多一点，他们的顿悟更多一点。灵光和顿悟并不专属于优秀人群。一个普通教师如何获得这样的顿悟？除了天赋，主要还是得全身心地投入、思考。说得具体点，就是在平时掌握尽可能多的资料，不断比较分析找出学科教学的规律，再由规律设想教学形式、教学方法。有了丰厚的储备，就能在教学中发他人之所未发。

前段时间听一位同事上《珍珠鸟》，课堂中颇多灵光闪现的片段。课文中有如下一段内容：

> 起先，这小家伙只在笼子四周活动，随后就在屋里飞来飞去，一会儿落在柜顶上，一会儿神气十足地站在书架上，一会儿把灯绳撞得来回晃动。渐渐地它胆子大了，竟然落到了我的小桌上。它先是离我较远，见我不去伤害它，便一点点挨近，然后蹦到我的杯子上，俯下头来喝茶，再偏过脸瞧瞧我的反应。后来，它完全放心了，索性用那小红嘴，“嗒嗒”啄着我正在写字的笔尖。我用手抚一抚它细腻的绒毛，它也不怕，反而友好地啄两下我的手指。
>
> 白天，它淘气地陪伴着我；傍晚，它就在父母的再

三呼唤声中，飞到笼子边，扭动滚圆的身子，挤开那绿叶钻进去。

有一天，我伏案写作时，它居然落到我的肩上。我手中的笔不觉停了，生怕惊跑它。不一会儿，这小家伙竟趴在我的肩上睡着了。它睡得好熟哇！不停地咂嘴，大概在做梦呢！

执教者出示这段话时，先把“白天”一节省去了。在组织学生交流其余小节的写法和作者情感的关联后，执教者忽然又将“白天”一节补充在课件中，请学生比较体会。一开始，拿掉这一节，为的是让学生更清晰地发现小鸟和作者之间的关系随着时间的推移越来越亲密。后来补入该节则让学生明白举例与归纳的写法。一删一补，体现了执教者对教材的深刻认识以及灵活运用教材的技巧。课后，执教者给我看她几次执教《珍珠鸟》的反思文章。果然，课堂中的灵光其来有自。

二

几米的绘本里透着一股现代都市人在钢筋水泥丛林里讨生活的忧郁和无奈，不过这并未使他的作品堕入颓废消沉一途。相反，细细体味一下，你可以感受到几米面对生活的豁达。

电影《向左走向右走》的编剧和导演很好地抓住这一点，将几十页的绘本演绎成了一个动人的都市爱情故事。编剧巧妙地创造了绘本里没有的医生、女店员、房东，增加了主人公少年时初识的情节以及公园里的小狗、婴儿、车站上的宣传牌等意象。再加上随处可见的对称式的情节发展，使得整部影片充满了戏剧性。导演对影片的叙事节奏把握到位，循序渐进地将主人公的情绪引向高潮。于是，影片结尾处，男女主人公对着电话录音诉衷肠，继而分别奔出家门拼命地寻找对方。虽然命运之神没有眷顾他们，但他们仍然决定最后努力一次。男主人公拨通了电话，时间指在了子夜，电话铃响了——地震了——隔在中间的墙倒了——两人终于重逢。地震这个情节简直就是神来之笔。两个彼此倾心却一再错过，又不停努力寻找的年轻人以自己对感情的执着感动了上苍。

绘本和影片里都出现了一个圆形的喷水池。我在想，其实人的一生不就是在走一个圆吗？漂亮的镜头、动人的主题曲、真挚而略带夸张的表演以及与绘本相吻合的演员气质打造出一个美丽的童话故事。它比现实生活更能引发我对人生、对缘分的遐想。

之所以有这样的感发，是因为编导对原著的深入解读，二度创作，精巧设计。教学之道，庶几近之。

2011 年 10 月 19 日

关于成功

一

最近我一直在琢磨如何教小学生学散文，我选了朱自清先生的《冬天》一文做教材。先后在校内外上了三次，教学设计修改了两次。不少同事听完课，写下评课。我写了点笔记作为回应，选摘如下：

> 《冬天》共三个部分，分别讲父子情、朋友情、夫妻情。合在一起，便是人伦之情。但我想作者最想抒发的是对亡妻的思念。前两个部分应是为衬托最后一段而写。教学时，我删去了讲述朋友情的第二部分。
>
> 要学生理解亲情或者父子情，不难，但要其理解夫妻情就难了。所以我把力气用在第一部分上，引导孩子从“冷”与“暖”两个角度去读文章，让他们朗读体会细节描写，透过细节描写感受父子情。通过文章题目与

温暖回忆的对比，体会作者著文的用意。有了这些铺垫，就让学生用掌握的方法自己读，自己分析余下的内容，能读懂多少是多少。而我则利用即时的归纳揭示文中三处地点的变化（“住在台州”、“住在山脚下”、“住在楼上”），让学生在你一言我一语的交流之后，回到文本，看清文章结构的巧妙，进一步理解作者的情感。最后再比较两部分写法上的相同点，体味作者在谋篇布局上的匠心。

一篇好文章之所以能流传，是因为不同的读者能读出不一样的感受。一个小学生读《冬天》的选段，看到的是亲情。一个中学生读《冬天》的全文，也许能理解朋友和亲人都重要。等学生长大成家，再读这篇文章，自然会理解作者的夫妻情。所以，教师引导学生读文章，不必着急，更不要强求，教点方法，播下种子，以后就会有收获。在教学中引导学生用已有的语文经验解读文本，学习新的语文知识，体会作者的情感与语言表达之间的关联，从而激发学生用自己的人生经验去观照作者的人生经验。

几位同事鼓励我说，这课很成功。

二

说到成功，我不禁想起有个朋友前段时间写了篇有趣的文章，梳理小学语文界几代名师成长的经历，提醒年轻人，别指望靠一课成功而成名。

文章开头写道，很多外地的年轻教师希望靠上级主管部门和媒体包装自己，让自己一课成名。为什么现在的年轻人这样渴望出名呢？后来想想，原因大概有如下两条：

首先，年轻人们看到一些名师常被邀请到各处讲课，既能声名远播，又能增加收入。面对名利，有些动心。其次，中国基层学校领导的培养路径基本上是上课上得好，会写写东西，然后只要机会合适，就可能担任组长、教导主任、校长。在成功学遍地开花的时代，年轻人渴望成功，在有些教师眼中当上校长是事业成功的标志之一。

回想当年，我们也讲成功，不过和现在通过“包装”实现成功很不一样。那时，我们只知道要靠聪明、勤奋才能成功。在我们的脑子里，成功就是上出好课，教好学生，仅此而已，纯粹得很。而现在的“成功”常常和诸多利益联系在一起。

朋友在文章中提到网络对一批六零后、七零后教师“成名”的作用。令我惊讶的是，其中也提到了我。是的，有了网络，教师们就能获得大量以前无法获得的信息，完成以前不能轻易实现的专业学习。特别是一批有思想的农村教师，网络之于他们，无疑是一扇窗、一扇门，一条通向远方的大道，他们就此获得了更多的学习、实践、宣传成果的机会，最后脱颖而出。不过，我以为，网络终究只是为所谓的“成名”提供了一个条件，重要的是，“成名”之前我们做了很多积累。我们苦练教学基本功，一遍一遍地磨课。研读教材，琢磨教案自不必说，就连课堂上如何走路、如何写板书也是要反复练习的。更重要的是，这样的磨炼使我养成了经常反思，不断改进，写教学笔记的习惯。每个学期，我都会选择一些课，用录音笔将自己上课过程录下，主动与同行交流，以便寻找不足。每当有所长进，便觉得十分满足、开心。

“包装”和“一课”非常清楚地反映了当下一些年轻教师希望在专业发展道路上找到捷径的意愿。可是，教师的职业特性注定了一个普通教师要成为优秀教师没有捷径可走。一堂真正的好课，背后一定闪烁着执教者的思想火花。要成为有思想的人，要让思想变成教育教学行为，真不是易事。

人想出名，想获利，很正常。一个人有成名成家的意愿不是坏事，至少说明他在追求上进。但成名要按照行业规律来。在教师这个行业里想通过一节课成名成功，未免有些可笑了。

教师在职业道路上要走得长远，得靠“吃萝卜干饭”练好基本功，得靠勤学深思积聚“内力”。“一课成名”终究是虚弱了点。这样的人给学生上课，会耽误学生，给同行讲座，会引来耻笑，最后彻底迷失自己。

2011年12月5日

怎样教出乔布斯

儿子出生后，我平均每周给他写一篇成长记，到现在已有三百多篇。写好，就发布在博客上。原来打算写到六岁，就让他自己写。谁知几位网友看上了瘾，不答应，说希望能继续写下去，只好从命。说实话，有时翻出那些成长记看看，回忆回忆是很有趣味的事情。抄一篇最近写的，放在下面。

第一篇作文

下午没事，带儿子去苹果专卖店转转。并不想买什么，就是挺喜欢那个购物环境。各种电子产品放在桌上，顾客可以试用、体验，旁边有热情的营业员为顾客答疑。时间凑巧的话，还可以听一场产品使用讲座。而且儿子从未去过。

店里顾客不少，不同的商品陈列在不同的区域里。先看笔记本电脑。儿子发现可以上网，就很熟练地找到了尼桑官网，看汽车广告。看了一会儿，又去玩手机。最后，我们在ipad面前停住了脚步。我发现里面有“愤怒的小鸟”。之前经常听人说起这个游戏，可我从来没有玩过，甚至没见过。儿子很快就被吸引住了。我想，可能是因为小鸟撞倒木块、箱子，发出乒乒乓乓的声响，让他觉得很好玩很刺激吧。儿子玩得很专注，随着手指滑动，各种小鸟弹射出去，打中小猪。

一晃儿，几个小时过去了。

回到家，一眨眼的工夫，儿子已经在电脑上找到“愤怒的小鸟”。书房里传出叽叽喳喳的声响。

晚饭后，轮到我抛小鸟了。儿子静静地趴在沙发上。好一会儿，他把我的Iphone放到我面前，说，看，这是我写的。我仔细一看，手机上有几句话：

今天下午我们到Apple专卖店看到了苹果平板电脑。里面有个动作游戏，这个游戏叫做愤怒的小鸟。

儿子会用拼音打字了，尽管速度慢，但句子通顺。这是他的第一篇作文啊。而且是他自愿写的。

前段时间，有些媒体界的朋友得知我为儿子写成长记录，便来约稿、访谈。谈及为何能这样坚持时，我说，观察儿子的成长过程，记录下来，能提升我的专业水准。这不是空话，也不是随便说说。比如，上面这个小故事——

游戏中的画面、声音、卡通形象和规则设计都和孩子的兴趣点、兴奋点相吻合，所以一接触他就有了兴致。游戏上手简单，操作由易到难。通不过时，可以反复尝试，琢磨比较，找出解决方法。每过一关，就让人体验到成功的愉快。因了这愉快，儿子一到家便凭着仅有的一点点上网技能，找到这个游戏。更叫我惊讶的是，他还记录下了自己的见闻感受。“愤怒的小鸟”真是神奇，它让一个一年级孩子独立完成了一次探究学习。跳出父亲的角色，站在教师的角度来看这个案例，感触很多。如果学校里开设的每一门课程的执教者都能从孩子的年龄特点和学习规律出发，设计循序渐进的学习路径，不随意拔高难度（特别是低年级阶段），充分激发孩子的学习兴趣，那么学习将是多么美好的事情啊！

激发学习兴趣是老生常谈的话题，古今中外这方面的事例不胜枚举，可我还是忍不住要谈一谈。

在上述故事发生之前不久，我刚看完厚达五百四十二页的《史蒂夫·乔布斯传》。书中提到，乔布斯小时候很顽皮，这和我的猜测相符。三年级时，他和同学竟然在老师的椅子下面点燃炸药，把老师吓得抽搐了。于是，乔布斯被送回家，父亲来到学校。书中写道——

> “听着，这不是他的错，”乔布斯回忆当时父亲是这么对老师说的，“如果你提不起他的兴趣，那是你的错。”

进入四年级后，乔布斯遇到了一个叫希尔的女老师。乔布斯称她为“我生命中的圣人之一”。在观察了乔布斯几个星期后，希尔老师想出了对付乔布斯的好办法。乔布斯是这样回忆的——“有一天放学后，她给了我一本练习簿，上面都是数学题，她说要我带回家把题目解出来。我心想：你是不是疯了？这时她拿出一只超大的棒棒糖，在我看来地球也不过这么大吧。她说，你把题目做完之后，如果大多数都做对了，我就把这个给你，再送你五美元。我用了不到两天就做完交给她了。”几个月后，乔布斯不想再要奖励了，只想学习和让老师高兴。因为希尔老师知道乔布斯的喜好，常找来一些小工具，让乔布斯打磨镜头，制作相机。到四年级即将结束时，希尔老师为乔布斯做了一次测试，结果，他的学业竟然已经达到初中二年级的水平，学校允许他连跳两级。可是他的父母却明智地决定让他跳一级。

希尔老师的做法看上去稀松平常，为什么会有那么好的效果？因为，激发学习兴趣不再仅仅是教师的事情，家长、学校、社会对此达成共识，教育体制发挥了制度保障作用。

《史蒂夫·乔布斯传》的扉页上写着一句苹果公司的广告词：

“那些疯狂到以为自己能够改变世界的人，才能真正改变世界。”

乔布斯真的改变了世界。乔布斯去世后，某地某些人提出要斥巨资培养大批乔布斯一样的人。没有常识的话，徒增笑柄。认认真真地将课改教改、制度创新、家庭社会等方方面面的力量集合起来，做点实事，才是正经。虽说乔布斯是N年才出一个的人物，可一旦有合适的“土壤”，或许……

2012年2月20日

请看附录

日前,《第 56 号教室的奇迹》的作者雷夫老师从美国到上海来讲演，我应邀去听，挺有启发。雷夫工作投入，设计出各种小型课程，让原本不爱学习的学生逐渐喜欢学习。讲演的地点在商城剧场。好多年前，我曾在这里看过国际哑剧节的展演。其中一位俄罗斯哑剧演员的表演给我留下深刻印象。那个节目说的是，雕塑家创作了一尊人形塑像。后来塑像得了灵气，活了。他艰难地活动着四肢，在台上踉踉跄跄地走着，然后踏着椅背来到观众席里。近旁的观众们纷纷伸出手，扶着“塑像”。“塑像”用眼神与观众交流。每得到一次帮助,“塑像”便灵活一些。最后完全“成人”。表演结束，我的眼眶潮热。那种激动震撼我至今不忘。

前段时间，我去一所农村小学听课。我在那里带教青年教师已近一年。那天听的是《火烧云》。课中教师提问:“天上的云从西边一直烧到东边，红彤彤的，好像是天空着了火。”其中“烧”字能否换成“红”字。学生们略加思考，不等教师引导就纷纷举手发言。有的说，不能换，因为“烧”

字写出了火烧云变化的动态。有的说，“烧”字和课题关联起来了，“红”字却不能……课后，我问执教者，是否从上述环节中看到了学生的变化——因为教师教学方式的转变，学生变得越来越聪明了。

当了教师之后，我明白了自己为什么会为一个哑剧小品而感动不已——因为我看到了成为人的不易。教师每天的工作就是帮助每个学生成人。做了二十多年教师，我明白了只有教师坚持不懈地开展以人为本的教育教学活动，不同家庭背景下的孩子间的差距才能最大限度地缩小，将来才可尽可能地拥有平等的发展机会。

其实，人的教育不就是一种“激活”，一种扶助吗？人的教育不应该在小学里才开始，幼儿园里就应该有，最好再早些。

附录：

每个幼儿园都是天堂

虽然以前听过几节幼儿园的课，但为之写课评还是第一次。动笔在即，顿感“隔行如隔山”绝非虚言。不过转眼一想，外行也有外行的好处，评起课来少了框框，不受术语的束缚，尽可以说出自己的感受。想到这里，索性就多说几句。

首先，组织教学简捷有效。在我看，给三岁的孩子上课首先要考虑的不是上什么、怎么上，而是如何让孩子们认认真真地坐定，看老师做动作，听老师说话。课刚开始，孩子们有哭着找家长的，有四处张望的，有不知所措的，有大声说话的。执教者说，表扬这边的小朋友，他们坐得最好。孩子们逐渐安静下来。当还有个别孩子在吵闹时，执教者立刻站起来走到孩子们的身边，一边抚摸孩子们的头一边说，被摸到头的小朋友是最认真的。这样，教室里立刻安静下来，整个组织过程只用了大约两分钟。这个过程看似简单，实际上反映出了教师正确的教育思想——用表扬用树立榜样的形式引导孩子养成良好的行为规范。其实，不管是幼儿还是成人，都有向善向好的愿望，关键是如何激发。如果一个孩子从小到大受到的都是“真、善、美”的引导，那么他们成人之后，必定也能“真、善、美”。可惜，这样的引导在中国的教育中实在太缺乏了。我曾经在一个高中教室里看到一条关于迟到的班规，大意是：迟到一次，相关教师谈话。迟到两次，班主任和相关老师一起谈话。迟到三次，学生、家长、班主任、相关老师一起谈话。我能很容易地猜出他们谈话的内容。无非是已经是高中生了，面临严峻的高考形势，要努力云云。但是这样的谈话有用吗，或者说这样的谈话真的能触及学生的心灵吗？这样的谈话美吗？答案自然是否定的。这样的教育不是从“真、善、美”的角度来引导孩子的。这样的班规贴在教室的墙上，本身就是对教育的讽刺。

其次，关注孩子多方面能力的发展。执教者给孩子们讲的故事很简单。如果写下来的话，大概也就一百多字。但是这一百多个字被执教者当作教学资源，得到了很好的开发。比如在讲到“蹦蹦跳跳”这样的词语时，让孩子们跟读。在我看，这是在进行最基本的语言练习。故事讲完时，要幼儿说出故事题目，以锻炼其记忆能力。又如，讲到小白兔时，指导孩子做做小白兔的样子。这是锻炼孩子们的身体协调能力。组织幼儿看 PPT，是培养他们的观察能力。讲到小白兔遇到大灰狼时，执教者要小朋友们结伴装扮成大石头，这就是锻炼幼儿的交际能力。值得一提的是，当几名幼儿因为两两结伴而发生纠纷时，执教者及时帮助他们解决问题，告诉他们两个人可以结伴，三个人也可以结伴，最后还让他们拥抱一下。这最后的拥抱，我以为是出彩的地方，这个举动使老师之前的引导得到了强化，加深了孩子的体验。执教者还为故事中的小白兔、大灰狼配上专门的音乐，让幼儿通过对音乐的感知想象不同动物的形象。我没有看到过关于幼儿是否有通感能力的材料。但我相信幼儿也能获得通感，而且我认为培养通感能力非常必要。因为在这背后是想象力的激发。关于音乐，还要多说几句。叔本华认为，在艺术等级中，音乐占据绝对统治地位。尼采更是说，与音乐相比，一切借用词的传达都是无耻的方式，言词化神奇为陈腐。将音乐巧妙地引入课堂，引入活动，让每一个幼儿从小喜欢音乐，感受音乐，太重要了。它将对人的生命质量产生影响。

再次，合理的教学结构符合幼儿的身心发展规律。小学生的有意注意时间是二十分钟到二十五分钟左右，幼儿的有意注意时间应该更少吧。为此，我注意到，执教者采用了多种手段以保持幼儿对教学活动的关注。比如，讲故事时插入提问，观察课件，欣赏音乐，故事讲完后组织有趣的游戏，同一个游戏玩几次，且有不同的玩法。透过孩子们的笑声，可以感受到执教者对幼儿的尊重，对幼儿身心发展规律的准确把握，以及对教学节奏的及时调控。

写到这里，忽然想起有一次我参加一个聚会。当时主持人在台上用一根红线打了个结，然后用《圣经》里的话来诠释心结的产生、消除，以及人与人的相处之道。说完，她拿开原来盖在线上的红布——绳结已经没有了。大家都知道主持人是在用魔术解释《圣经》。会场里一片寂静，大家都在回味主持人的话，在享受心灵的安宁。突然，偌大的会场里冒出一个小女孩的声音——结没有了。这声音清脆极了，天真极了，甜美极了。在几秒钟的沉寂后，会场里响起一片掌声。什么是天籁，我想这就是。这稚嫩的声音震撼了在场的每个成年人的心灵，以至于过了好多年，我还记忆犹新。

幼儿园教师是有福的，工作辛苦，但每天都能听到纯净的天籁之音，每天都能看到孩子澄澈的双眸。幼儿园教师是有福的，只要愿意，就可以从事真正的人的教育工作，可以通过努力付出，感受高尚与美好，让自己沐浴在人性的光芒之中。

每个幼儿园都是天堂。

每个幼儿园应该是天堂。

我企盼天堂中的每一声天籁能无限延展，能化为动人的火把照彻人的一生。

2012 年 5 月 8 日

课文的标准

我很喜欢开本小的书——拿在手里不累，带在身边可随时翻阅。前段时间，读了杨葵的几本书，全是小三十二开本的，每册大都二百页左右。杨葵原是作家出版社的编辑，责编过王安忆的《长恨歌》。编辑看多了别人的文章，对于文章之道自然有独特的理解。如果愿意动手写，大都能写得很好。果然，杨葵的《百家姓》写得很不错，全是短文章，文字干净蕴藉。我读了一半，就忍不住在博客上发感想——有些篇什可以进中学课本。很巧，过了不多久，一个朋友写了篇短文章发表在博客里，有读者看了，说，写得好，可以给小学生当课文。那篇文章不长，我抄在下面。

老　张

老张是我爸，我爸是老张。

老张老了。老的一个标识是啰唆，一件事情反复讲，反复讲。

另外呢，就是孩子气。

老张是个好会计，周围熟识的人谁都承认这回事。老张还不老的时候，就哼哼教导我们：不要弄行政，要搞业务。学到的本事，谁也抢不走。所以，老张一辈子弄算盘，把算盘弄得“铁通”。

越老越吃香，老张退休了到处有人请做账。他就很得意，说，“你看那些个什么党支部书记的，谁要他们去当书记哦。”

老张不知道，搞行政的，弄熟的人脉也是很有用的。

这个不管。反正他乐呵呵地去了一个不大的厂里当会计。

这个厂离家不远。他要来就来，要去就去，很随意，工资也不少。工作轻松，老张一天到晚挂在QQ上下象棋，斗地主。

话说有一个机会，让他在市里的一家烟酒公司管账。工资更高，回家更方便，老张就心动了。

烟酒公司的账目一塌糊涂。老张一到公司就设计各种表格，把公司里的账目弄个兜底清，也发现了不少问题。

一个月后，老张把月报表送给公司的老板看，老板说：“我们不需要报表的，你不要做的。”

老张动气了：“一个会计怎么可以不做报表？不做报

表你们请什么会计？”

英雄无用武之地啊。老张是真动气了。

暗地里，他托老友找新的工作。

几个月后，他宣布：他要回老家了，烟酒公司的活儿，他辞了。

我们大家都觉得意外，劝说他，告诉他一个人在老家不合适，没人做饭，没人洗衣服……

可是老张的“倔脾气”冒上来的时候，谁的话也不听。

就这样，老张回老家了。

听妈说，老张新去的是个丝织厂，厂里的工人都是外地人。工资不高，吃得也苦。

回老家的时候问老张：“后悔了吧？”

老张笑眯眯地说：“那边好得不得了啊。老板说了，我们请到了张会计真开心啊，账目弄得这么清爽……”

哎哟喂，我真吃不消他。敢情老了跟幼儿园的小朋友一样，吃饭乖了眉心中间是要贴朵小红花的。

获得认同和奖赏成了老张的第一需要，那么就随他吧，毕竟开心最重要。

只是他一直跟我讨妈妈——我妈只好两头跑，我这里待四天，他那里待三天。以往老张最喜欢独来独去，我妈不在，喝酒没人管，搓麻将没人管……

可老张老了，他对老伴特别依恋了。

我也给作者留言，说此文不适合给小学生当课文。有人觉得奇怪，问原因。说来也简单。给孩子当课文的文章首要是有儿童的趣味。没有趣味，阅读、教学效果都会打折扣。而且儿童的趣味不应是成人根据自己的意思生造出来的。儿童不是小成人，儿童的世界自有其独特之处，与成人世界并不相通。所以要写出富有儿童趣味的文章，成年人必须真正深入观察儿童，进入儿童的内心世界，了解其思维方式、话语系统，最好还要不断回想自己的童年，从记忆深处发掘出自己童年的经历。

课文，是孩子学习母语的重要载体。借助课文，孩子们了解作者的表达方式，学习并运用之，然后慢慢形成自己的表达方式。学习一种技能，一定是由浅入深、循序渐进才能学扎实。因此小学生的课文应是词句清通，结构规整，便于孩子一目了然读懂作者的意思。叶圣陶先生编教材时，很多文章都要改写，甚至用几天时间来修改一篇课文。有的课文他索性自己动笔来写。编中学教材，他也是这样做。一九六二年人民教育出版社中学语文室想把《谈学逻辑》、《在莱比锡审讯的最后发言》（节选自《季米特洛夫选集》）、《在法庭上》（节选自高尔基的《母亲》）、《在狱中》（节选自《青春之歌》）、《怎样评价〈青春之歌〉》等七篇文章选进教科书。叶圣陶先生却提出不同意见，说这七篇文章不具备做语文教材的资格。原因是“而此七篇者，语违典则者，往往而有，流行之赘言，碍口之累句，时出其间。以是为教，宁非导学生于言之无文之境乎？”

说实话，要找到有儿童趣味的文章真是太难。于是语言典范，适合学生语言学习规律这个标准变得尤为重要。

用这两条标准衡量上文，儿童的趣味自然是没有了，有的全是一个成年人对人生、社会的感悟。再看语言，遣词造句，文章结构，灵动有特色。这是作者靠着多年的读写实践磨砺出来的。正因为如此，小学生很难理解作者表达上的特点，不理解就不会运用，学而无所得的文章，自然不能当作课文。

2012 年 6 月 26 日

答友人

溥旋兄：

手书诵悉。近日偶染小恙，迟复为歉。

你问我如何想到去扬州参加活动，我主要是想去听叶嘉莹先生的讲座。

一九九五年春夏之交，天津多家出版社在福州路上海书店搞联合书展，我买到了一些好书。其中最值得一记的是《顾随：诗文论丛》和半套（六本）《世界童话名著文库》。后者既收录了《夏洛的网》、《小王子》等耳熟能详的名作，也收了一些直到现在仍不太被人知道的童话故事，但翻译得都很好。今年上半年，我还在孔夫子网上买到了另半套中的四本，算是了却夙愿。

我第一次知道叶先生，就是因为《顾随：诗文论丛》。书中很多篇什是叶先生当年的听课笔记。再读叶先生的作品是在二零零一年，那时河北教育出版社出了一套迦陵著作集，汇集了叶先生最重要的作品。前几年，中华书局和北京大学出版社又竞相出版叶先生的书。但我觉得编得好，印得漂亮的，还是河北教育的那套。

扯了一大段旧话，下面言归正传。

在扬州，有几件事情印象颇深。有的发生在会场里，有的发生在会场外。这里只与兄说一件。听完初阳的课，一位农村教师提问，农村的孩子基础很差，无法跟城市里的孩子相比，所以这样的课在农村是上不下去的。面对这样的情况怎么办？当时，我几次举手想回答她的疑惑。但是主持人没有给我发言的机会。初阳回答说，人都是一样的。说得对。但是没有说透。

我曾在贵州山区给当地的孩子上作文课，用上海的教材，根据学生情况稍作调整，多了些铺垫。课后，一位听课老师对我说，他看着学生在教师的引导下，从拘谨逐渐活泼，最后思维变得很活跃，很感慨。上个星期，我在市里一所小学听了一堂二年级的自然常识课。低年级孩子好奇心重，活泼天真，喜欢自然课，按说听此课应很可期待。谁知课上，教师不知所云，学生答非所问。整堂课了无生趣。这两个案例可以证明，教师教得好，贫困山区的孩子一样能出色。反之，即使是大城市中的孩子也会被耽误，被教傻。先父以前常对我说，没有教不好的学生，只有教不好的老师。意思是不是让每个学生都能考出一百分，而是教师应该通过教学使每个学生在原有基础上有所提升。我曾在一篇文章中写“要设身处地地为学生着想。只要从这一条出发去备课、教学，不管是哪里的孩子都能教得好。”就是基于上述思考。还记得我说的“都能教得好”曾被一个朋友误读吗？他以为是指人人达到优异的学业水平。后来，我还写信跟他说明。

近些年，对语文教材的批评之声不绝于耳。身处网络时代，草芥瞬间可以变成大树。人人都好像是语文教学的行家里手，可以随便说上一嘴，踩上一脚。世间哪有十全十美的东西，教材自然也是。只是要批评，就要在一定的范畴里，要专业，不能天马行空般胡扯。以前，你让我写文章回应一些尖刻的批评，我不愿意，因为和他们不在一个话语系统里，鸡同鸭讲，毫无意义。这里，我并不想评说教材，我要说的是那些外行的评论，已经影响了一些教师。他们将自己的教不好随便归咎于教材的不足。这是不对的。

那天在会场里也提到教材问题，我说，教材是被教师拿来用的，一册书中几十篇课文，水准参差在所难免。好的，应该用好教好。不如意的地方，动动脑筋也能变成教学资源。有的课文还可以放手给学生自学，教师不用教。溥旋兄，你一定能猜想到，当时我话音刚落，就有听众说，不教？考试考到怎么办？于是我又介绍了自己的一些有效做法，试图告诉大家，只要把教材钻研到位，把知识点、能力点讲透练熟，帮助学生学会举一反三，使其触类旁通，即便有课文没教过也不用担心考试。教学策略、方法很多，就看你愿不愿意，能不能够去思考教什么和怎么教。面对困难，不能让思路、心灵固化，窄化。

教师怎样才能教得好，我想，一要用普世价值锤炼思想，让自己变得通透练达。二是要从学生需求角度出发锤炼自己的教学技艺，真正做到心中有人，手里有活。叶嘉莹先生讲诗词的书，多是她的上课实录。一个朋友读后，以为过于琐细了。那天我听叶先生的讲座，完全没有这种感觉，甚至觉得有些难点的细致讲述很有必要。因为一来，听与看总是有些不同的。二来，现场听讲更能感受她思想的脉络和对诗词、学生的热爱，对教学的执着。听说耄耋之年的叶先生，现在还常备课至深夜。

教师应该让心灵闪烁着思想的光芒，应当秉持着职业操守，想办法让学生乐学会学。那时，我们的心灵不仅不会窄化，还能面对艰难险阻而充满信心，闯出新路，智慧地不断向前。你说是不是。

2013 年 2 月 21 日

简单读书

记得小时候很喜欢翻父亲的书柜，里面的书很杂，除了文史哲，父亲的专业书，各类工具书，甚至还有如何养花、织毛衣、做家具的书。那时候翻看父亲的书，大都看不懂。但有一个道理是明白的，就是从书本中可以学到各种各样的知识。父亲在我念小学之后开始给我买各种少儿读物，还为我订过一些儿童杂志，并告诉我多读字典。有一次，我生病住院，第一夜父亲怕我害怕，就留下陪我。我在吊盐水，他坐在床边读《西游记》给我听。父亲给我读书，那是唯一的一次。那时，读课外书是很稀松平常的事。家里有点藏书，学校里有图书馆，课程表里有课外阅读课。我还当过班级图书委员，负责管理一个小书箱。现在想来，我的读书习惯大概就是因为上述种种经历而逐渐形成的吧。

当上教师之后，我把小时候读过的书和杂志搬到教室里，组建了班级图书角。当时还没有推广儿童阅读的说法，更没有明确的推广儿童阅读的意识。我只是从自己童年经历出发，希望学生能每天接触到课外书，从阅读它，到喜欢它，最终养成读书的习惯。那时，学校图书馆常让我协助买书。图书馆管理员对我说，每种书买五十本。我惊讶地问，为什么？管理员说，这样老师们就可以上阅读指导课了啊。如果每个学生手里的书都不一样，怎么上课呢？书买回来了，但我从来没有用全班共读一本书的方式上过课外阅读指导课。因为我觉得那样做，就和上普通语文课没什么区别了。五十个孩子各有各的喜好，接受能力，对文字的感悟能力，都不同。用单一的路径去培养几十个学生的阅读兴趣，是不是真的有效呢？阅读和写作都是很私人化的事情。所以，理想的习作教学应该是教师引导学生广泛地阅读，让学生自然而然地产生书写自己的见闻感受的欲望，然后以平等的姿态与学生做个性化的交流指导。这个道理在阅读指导上也适用——理想的阅读指导应该是教师依据学生的阅读兴趣，做个性化的书籍推荐和阅读方法指导。当学生形成阅读习惯后，再引导其阅读还未涉及的领域。因为小学生不必读得深，但需要读得广。理想的习作教学限于客观因素，还处于“虽不能至，心向往之”的阶段。理想的阅读指导，我以为，只要教师辛苦一点，还是可以达到的。

习惯的养成，最好有感受乐趣作基础。得到个性化的指导，学生就能感受到趣味。在轻松状态下进行阅读，学生才能获得乐趣。我看到过一份四年级的整本书阅读教学方案。教师为了让学生有效阅读，先后上三次阅读指导课，学生需要完成一份阅读记录卡，做一张小报，写一篇读书笔记，回答与书本内容相关的十个问题。完成阅读记录卡要求学生写出书的内容简介，摘录好的段落，提出自己的疑问，写出感想收获。要四年级的孩子概括段意都是教学难点，概括整本书的内容岂不是难上加难。再说摘录，也不符合小学生的阅读习惯。很多人是上初中后，才开始边读书边摘抄的。我问一些平时爱读书的同事——如果你在读一本书前知道要完成这些任务，你还想读这本书吗？得到的答案五花八门，但有一点是相同的——不想读。

读书就是读书，简简单单，静心去读就可以了。如果配上一大堆任务，那不是等于在做变相的阅读分析题吗？有的老师还喜欢从书的犄角旮旯里找出一些信息编制成评价指标，以检测学生阅读情况。我也是不赞成的。一本书，喜欢的人读得细些，不喜欢的人读得粗些有何不可。精读、泛读、浏览等等，都是阅读的方法，每个人尽可以依据实际情况选用。读书是一辈子的事情，实在不必太在意一时读得少、读得浅。重要的是，让学生从小愿意读。

写到这里，我要说明的是，我不反对阅读指导。我反对的是那种要学生一边读书一边找出比喻句、排比句的莫名其妙的指导。我反对的是把简单的阅读过程弄得繁复琐碎的指导。要指导学生读书，教师自己要先读书，读尽可能多的书，获得各种阅读体验、经验，再结合儿童的阅读规律进行启发点拨，平等交流。有时让一个学生把自己喜欢的段落朗读一下，老师同学争先恐后地交流一番，或者只是大家会心一笑，也是指导，可能比写读书笔记更能激发孩子的阅读兴趣。

2013年4月4日

当水磨腔不再悠悠

一

我对戏曲的爱好是从长辈们的收音机里获取的。最喜欢的是那些传统折子戏，因为从戏文中不仅能感受到主人公的喜怒哀乐，听到充满民间智慧、幽默活泼的方言，还能发现已经或正在消失的民俗风情。喜欢的剧种先是沪剧、越剧，后又到京剧。京剧里最早看的是叶少兰主演的《群英会》。特别喜欢的是麒麟童的《四进士》。第一次听人说“立体的人物形象”时，我的脑海里一下子冒出来的就是宋士杰。汪曾祺先生说，宋士杰“是个很坏的好人”。有一年寒假，电台里播京剧知识讲座，我边听边记，做了许多笔记。记不下来的，再查书查字典。一晃儿，二十多年过去，那些笔记早已不见踪影，我也不复有静坐听戏的闲情逸致。戏曲盛况不再。不过，对戏曲的兴趣还是在的。前段时间读报，看到一篇关于昆曲的评论。说的是，某著名昆曲小生在演唱会中将

“曲牌［江儿水］改编成NEW AGE曲风，而爵士蓝调风格的［懒寻眉］（选自《玉簪记·琴挑》和《牡丹亭·寻梦》）则用电钢琴和古筝、箫混合伴奏”。作者真会写文章，他评论道——

> 我当然相信用钢琴、小提琴、爵士乐混搭民乐乐器伴奏昆唱也会好听，但这种演唱实际已不再是民族风格的纯真昆曲，所以这种“试验”毫无意义。艺术是容易“强扭”的，钢琴伴唱京剧早就有了，但那并非京剧。所以，用西乐混奏伴唱昆曲，虽然观众能接受，但观众欣赏到的是昆曲的“异变”，昆曲艺术本体已失去，故这种“改造昆乐”与传统昆曲无关。这里也反映出艺术家自身无法解释的矛盾：一方面他们称昆曲是艺坛芬芳的幽兰，“水磨腔”的韵味魅力无穷；另一方面却又称用西乐混奏的“新昆曲”更好听。所以，这种“改造”实际是丢掉昆曲之美而去迎合洋乐受众，西乐这样“入侵”昆曲，令人担心下一步会不会用芭蕾的动作代替水袖及身段，用美声唱法来尝试唱昆曲？

那么传统昆曲具有的哪些特点使得“改造”不可行呢？作者阐述如下：

> 昆曲是由本体众多艺术元素构成：“水磨腔”的唱腔、

音乐，还有雅词文本及身段、水袖、程式、脸谱、服饰等。其中音乐唱腔，以笛、箫等为主的民族乐器演奏，把昆曲的优雅、清润、婉丽充分体现出来。钢琴、提琴、爵士乐等西乐伴奏昆曲唱段，虽然能达到“好听”，但绝不可能把笛、箫的细腻、委婉、悠绵的纯正昆味体现出来。

最后，作者不无担心地说：

如果昆曲的唱腔及音乐被“西化”了，那么，无异于中华民族戏曲艺术基因被改变，这对传统戏曲而言，将是灾难性的后果。若干年后，昆曲假如都由西乐演奏、伴唱了，昆曲中的民族音乐元素就将彻底丧失，原汁原味的昆曲艺术就将绝迹。

二

近几年，随着学科教学培训规模日益扩大，名师们的课堂从教室搬到了剧场舞台或体育场馆里。于是有人将名师上公开课比作名角唱戏。说笑归说笑，真要比较，两者还是很不一样的。唱戏，要塑造人物形象，要用表演、曲调、唱词、服饰等给观众带来审美体验。很多老艺人都说，观众是演员的衣食父母，所以观众的反应是演员最要关注的。即便不是“最”，也是要点之一。而上课，不管是公开课还是家常课，为的是教会学生，激发其学习兴趣，培养其学习习惯，发掘其学习潜力。至于台下观众，可以忽略不计。如果一定要考虑，那也是在课后，将自己的教学思路介绍给他们。有的老师上课上到一半，突然对着听课的人讲述自己的教学理念，完全不顾及学生的感受，大有将学生当道具之嫌，我实在不能接受这种行为。

有一次，我到某地上公开课。回沪后在网上偶然看到一位听课教师写的笔记。其中有一段我印象很深，抄在这里——

> 我们现在所流行的课堂小组合作探讨的形式，朱老师也基本没用，感觉他的教学都是为了写作服务，所以，听完之后，大家有一个共同感受，对我们现在的“五学”教学模式更感迷茫了。

一打听，原来“五学”模式是当地正在推广的一种培养学生自主学习，先学后教的教学模式。其实类似的消息时有耳闻，一位外地同行曾对我说，当地教育局规定凡是公开课，一定要有小组合作环节。以行政命令推广某种教学模式，初衷固然好，可实际效果会如何呢？选择哪一种模式，要依据学科特点、教学内容和学生情况而定。拿语文来说，如果每节课都要硬生生地加入小组合作，每篇课文都要按照固定模式分成五个步骤来上，看似为了学生，但学生会喜欢吗？利与弊孰多孰少？换个角度，从学科特点而言，我看这也不合适吧。

前两天看《超级家长会》，讨论的是孩子入学前是否要提前学习小学课程的问题。专家劝家长放宽心，但家长抱怨教师、社会给自己压力。一期节目做完，道理大家都懂，但谁也说服不了谁。看完电视，我突发奇想，既然家长们认为压力主要来自教师，那么学校能否组织教师做点教学实验减轻压力呢？节目中说得最多的是一年级学生学拼音学汉字的事情，我就以此设想：一二年级通过学习韵文和少部分散文识两千字并学拼音，同时有关部门编出专门的写字教材，学生学写毛笔字。两年中，学生的语文作业和考查内容只有识字、写毛笔字、背诵、朗读。其他内容一概到三年级后陆续添加。如此，负担可减，基础大概会更扎实，对今后的学习也会带来好处。其实，这不是我的原创，而是古人的经验，是经过了几千年实践获得的符合汉字学习规律的有效经验。原汁原味的水磨腔一定要靠箫和笛才能演奏出来。学习前人依照汉语特点摸索出来的教法是阻止国人汉语能力下滑的金针。大方向确定好了，教学形式、模式之类的小道才能真正发挥作用。

三

官员顾读收了贿赂，诬陷前去告状的杨素贞私通奸夫谋杀亲夫告谎状，宋士杰为其喊冤，两人有几句念白很精彩——

“奸夫是谁？”

“杨春。”

“哪里人氏？”

“南京水西门。”

“杨素贞？”

“河南上蔡县。”

“千里路程，怎样通奸？”

“呃——他是先奸后娶！”

“既然如此，她不去逃命，到你这里送死来了！”

汪曾祺先生说，宋士杰在这里“得理不让人，步步进逼，语快如刀，不容喘息，一鞭一条痕，一掴一掌血，一直到把对方打翻在地，再也起不来，真是老辣之至。”小学生当然写不出汪先生这般老辣的文字。但我想，只要照着规律做，读得懂写得通总可以达到的。

2013 年 5 月 13 日

都很难忘

听过一堂与众不同的课，很难忘，用的是校本教材，课题是“当灾难来临时……”。

在课堂上，学生面前没有桌子，大家围成马蹄形坐在一起。三十几个学生分成几个小组，轮流上台交流关于灾难以及如何躲避灾难的知识。大部分时间里，老师只是和同学们坐在一起，偶尔，像个节目主持人似的，走到讲台前说几句，写一点儿板书。

我梳理了一下这堂课的教学环节：

一、情境引入。

二、了解各种灾难。

三、了解灾难来临时自救的方法。

四、教师总结。

五、学生交流准备资料过程中的体会。

课后交流中，有老师提出，在课堂上看不到老师的作用。执教者说，那是因为自己将教学放到了课外。在课外，教师帮助学生组成不同的学习小组，指导每个小组收集资料、整理资料、运用资料、开展自学、启发各个小组从不同的角度来汇报自己的学习成果，同时引导学生设计一些小问题在交流资料后向同学提问，以此加深大家对相关知识的理解。当上课铃响起，教师的绝大部分教学任务就完成了。学生成了课堂的主角，他们一个一个走到台前，用自己喜欢的形式交流信息，完成学习活动的最后一个步骤。

课堂上学生的表现真是出色极了。清晰的口齿，大方的姿态，响亮的话语让人惊叹。有老师认为，这是之前准备的结果。但是，我以为这只是一个次要因素，主要原因是学生的学习主动性被充分激发出来了。正是因为如此，几个平时很内向的学生竟然大大方方地为同学们表演起小品来。从学生流利的交流中，我感受到他们对相关知识已经掌握得很扎实。

我还特意关注了班中几个学习情况不是最好的孩子。在平时的课堂中，他们常常游离在学习活动之外。可是，在这节课上，他们被调动起来。或是说一句话，或者只是和同伴一起到台前站一站，拿一下道具。对他们而言，从游离到参与，从默默地呆坐三十五分钟到走出座位，是非常不容易的。这几乎可以说是一种飞跃。如果这些孩子每节课都能得到这样的关注和锻炼，该有多好啊！

执教者还在下课前安排学生交流整个学习过程的心得。

看上去，这是一个无足轻重可有可无的环节，可我觉得很重要，它又一次展示了执教者以学生为本的理念——关注学生在学习中的独特体验，帮助学生提炼出学习方法。

虽然在课堂中没有看到教师活跃的身影，教师好像没有教什么，但我能感受到其巧妙的设计和细致入微的指导。只有如此，教学才能真正有效。

我也听过一个让我难忘的讲座。主讲人在自己的班级中开展教学改革试验已经十余年，积累了很多经验，也出了书，活跃在当下各种教师培训的会场里。她的试验核心是用数周的时间教完教材，然后引导学生大量阅读课外书。

主讲人从低年级说起，首先讲到拼音教学，说小学生学拼音最难，都坐不住，于是自己在几个星期内就“解决”掉，让这个难熬的阶段早点结束。然后就介绍了一种教拼音的方法。我一下子愣住了，因为她说的方法是错误的。而且面对小学生不想学、学不好的局面，教师首先应该思考如何改进方法吸引学生，这是教师职业常识啊。教完拼音，就开始教韵文识字。这是经过前人验证过的好经验，但由于现行教材基本上不是韵文，所以教师必须自己找或者自己编教学素材，这是很难的。主讲者给大家看了几首儿歌，同伴脱口而出，“怎么能让孩子读这样差的东西”。是的，不仅内容不适合学生，还有逻辑错误。主讲者说，她给中年级学生读历史故事，用的是《中华上下五千年》。这书我没见过。为什么不用林汉达的《上下五千年》呢？在图书质量参差不齐的情况下，给学生推荐课外读物，版本、作者是非常重要的。主讲者也介绍了自己是如何教教材的：通常是让学生读文章，再问一两个与课文内容有关的问题，然后大量练习（背诵课文、看拼音写词语和根据课文内容填空）。教材当然不是篇篇都好，但是如此操作，那些好课文的作用就无法发挥了。从教材中学到阅读方法，才能提高课外阅读的效率。只有量没有质的阅读活动会对孩子的阅读生活产生负面作用。

随着时间的推移，主讲者越来越放松，说了不少心里话。她说，自己不太会琢磨教材，不会在备课上花很多时间，这个不教那个也不教，让学生自己读。我这才恍然大悟——因为专业能力弱，所以干脆另辟蹊径让学生自读自悟。问题是，一个班级几十个学生有能力的可以自悟，没能力的怎么办？果然，主讲者也毫不避讳地多次提到一些家长有意见。主讲者还播放了自己的一个教学片段，大概是上《论语》。课上到最后，一个听课老师向学生提问：孔子说过哪些不正确的话。学生依据自己的记忆回答，某句话说得不对云云。从学生的回答中，我感觉不到在大量阅读之后的学生应该有的严密的逻辑分析能力，思路清晰的表达能力。我又一次恍然大悟——从学生的身上，这个试验是失败的。讲座快要结束时，主讲者很坦诚也不无得意地告诉大家：从外地去听她课的同行很多。听课者可以事先准备好教材，上课之前给她和学生，他们不备课不预习，立马就上。我不知道是不是真的如此。如果是，那就是视上课为儿戏了。

两位老师都在尝试教学改革，把课堂还给学生，可是不管从理念、做法还是效果，差别太大了。都说教是为了不教，但不教的前提是教。如果不会教，就要认真学。

2013年7月15日

还怕听到“没家教”吗?

开学前，一家媒体电话采访我，问我对“零起点”的看法。我当然是举双手赞成。从教师角度说，几十个学生如果学习基础相对一致，开展教学自然会比教有的入学前已学过“十八般武艺”而有的只是“一张白纸”的学生来得轻松。从学生的角度说，学过的孩子有时会干扰“零起点”孩子的学习。在当下的一年级课堂中常遇到这样的情况：老师教一个知识，学过的孩子或者不听，或者大声插嘴，打乱教师的教学步骤。读到这里，有人或许会说，这样正好可以让教师展现自己的教学智慧，调整教学设计，互动生成。且慢，如果全班都会了，当然可以生成一下。可问题是，此时的课堂中，大部分孩子还不会。即便是大声插嘴说会的孩子，也可能只是好像会了。但是，有一部分家长却不能明白这个道理。总以为早学就是好的，丝毫不关心违背孩子的学习规律可能产生的副作用。在此背景下，教师正确理解“零起点”的意义并将其落实在自己的教学行为中，就显得尤为重要了。

开学第三天，我听了两节一年级学习准备期的语文课。

其中一节印象很深。有一个环节是教学生读句子。执教者先一边讲解一边示范如何翻书，如何指读。接着，学生学着老师的样子翻书，教师巡视，个别辅导。然后教师又示范指读，并请了几个孩子到讲台前当小老师演示，带领全班操练，教师及时点评。最后，全班几十个孩子都学会了翻书和指读。我忽然明白了，为什么上课前，孩子们不像有的一年级班级那样吵吵嚷嚷，而是安安静静地坐在座位上。那样一步一步扎扎实实地教，孩子们不仅具备了知识获得了能力，同时行为习惯也得到了培养。

这个老师很懂得刚入学的孩子的心理，每过十分钟就会结合教学内容穿插一个小游戏，有的游戏只有一两分钟，但对教学却至关重要。在做一个识字游戏时出了一点小意外：老师请一个孩子分发生字卡片，拿到卡片的孩子到讲台前大声认读，下面的孩子用儿歌来评价正确与否。一个坐在最后一排的孩子每次听了台上孩子的发言，不管别人对错，一律大喊“错错错……”执教者见发卡片的孩子手里只有两张生字卡片了，就说，谁坐得最端正，“小邮递员”就会把卡片发给他，唱反调的孩子立刻坐得笔挺。可“小邮递员”却因为之前的“错错错”不打算把卡片给他。不过，在老师的引导下，他还是拿到了最后一张卡片。果然，在接下来的一段时间里，这个孩子变得很认真。课后交流时，大家都很赞赏这个环节。执教者笑着说：“我知道，那个孩子是想引起我的注意……”

如果把“零起点”的落实只是理解成不加快进度，不拔高难度，我觉得还不够。应该加上努力让刚入学的所有孩子都学会基本的学习技能，有机会品尝到成功的甜蜜，懂得在小学中必须遵守的行为准则。

如果把上述案例改成考试题目，我想，应考的老师都能写出令人满意的答案。不过要将答案变成自己的行为，却不是人人能做到的。这需要经验、机智、关爱和耐心。这些都要靠不断自觉锤炼才能得到。

作为教师，锤炼自己的同时，我也很希望孩子不要用“错错错”的方式吸引老师的目光，在下课时直接和老师沟通自己的想法不是更好吗？这个，不能只靠学校里教，家里家长教才有用。我记得小时候，父母会经常提醒我们，什么事应该如何做，什么话应该如何说，不然会被人说没家教的。在我当时的感觉中，被人说没家教是很严重的事情。因为自己挨骂不算，还让父母也受连累。都说父母是一个人的启蒙老师，启蒙老师最应该教的不是拼音、数学、英文。当我听说了一些比“错错错”夸张离奇十倍不止的新生故事后，这样的想法变得尤其强烈。

培育孩子是教师的工作，可这个活儿不能只落在教师肩上。同样，“零起点”如果有更多教师以外的人士参与，效果一定会更好。

2013 年 9 月 9 日

阅读的乐趣

回想起来，儿时翻父亲的书橱是件很开心的事情。把书一本一本从书橱里搬出来，拆开书皮看看封面翻翻目录。遇上看得懂的就浏览几页。然后再一本一本放回书橱。这样的乱翻对我而言其实是一种游戏。我的阅读生活在轻松的游戏状态下开始了。上世纪八十年代初，父亲去日本生活、工作了很长时间。回国时给我带了一些新奇的文具以及当时在国内还不曾见到的带拉链的塑料袋之类的日用品。这些东西连同父亲关于日本的种种讲述，为我打开了一扇窗，对我的阅读生活以及诸多观念的形成产生了重要的影响。

上世纪九十年代初，我结识了商友敬先生。他的身上兼具了中国传统读书人和现代知识分子的特征。商老师直到临终依然读书不辍，不断反思。阅读让他建立了一个丰盈的精神家园，让他挺过了十余年的牢狱之灾，让他始终葆有一颗赤子之心。而这颗赤子之心，正是中小学教师最需要、最重要的精神象征。除了读书思考，我想不出还有其他途径能获得这样的精神气象。

教师阅读是一个被人们谈得实在太多的话题。以至于有的时候这个话题竟变得有些沉重。其实，就我个人的阅读体会而言，阅读是一件轻松的事情。阅读的魅力首先在于能让阅读者获得乐趣。

阅读起码有三个乐趣：得到了原先不知道的信息或者知识；透过文字了解了作者的感受；从文中或者书中读出自己。我很喜欢龙应台的《目送》，比如下面这段文字：

> 他在长长的行列里，等候护照检验；我就站在外面，用眼睛跟着他的背影一寸一寸往前挪。终于轮到他，在海关窗口停留片刻，然后拿回护照，闪入一扇门，倏忽不见。

从“长长”、“一寸一寸往前挪”和“停留片刻”、“闪入”、“倏忽不见”的对比中，我能感受到母与子不同的心理状态。我时常将这篇文章推荐给同行。

《目送》的第三节写道：

> 他们是幼儿园的毕业生，但是他们还不知道一个定律：一件事情的结束，永远是另一件事情的开启。

《目送》中间有一个小节和最后一节的文字一模一样：

> 我慢慢地、慢慢地了解到，所谓父女母子一场，只不过意味着，你和他的缘分就是今生今世不断地在目送他的

背影渐行渐远。你站立在小路的这一端，看着他逐渐消失在小路转弯的地方，而且，他用背影默默告诉你：不必追。

这三个小节构成了一个圆圈，人生就是这样一个圆圈。你在目送前人，后人则在目送着你。此生有缘成为亲人，理当惜福惜缘彼此善待。有一次，当我把这些感触告诉同行时，一位长我多岁的男老师不禁潸然泪下。活动结束后，还特地向我致意，说文章和我的解读让其想到了自己的经历，说话间竟又哽咽起来。我想，这就是好文章的力量。这就是读好文章的乐趣。

作为教师，单是自己感受到阅读的乐趣还不够，还要在师生共读中传授一点阅读方法和阅读策略，让孩子们也能体会到阅读的乐趣。我教学生读老舍先生的《母鸡》，从一句“可是，现在我改变了心思，我看见一只孵出一群小雏鸡的母亲”入手，先读出作者因为母鸡“负责、慈爱、勇敢、辛苦”而“不敢再讨厌母鸡”，再读出作者因为母鸡欺软怕硬喜欢炫耀而“一向讨厌”它。然后前后对比，用一条折线画出文章线索。最后，让学生读老舍先生的《我的母亲》，从中找出描写母亲“负责、慈爱、勇敢、辛苦”的句子。读巴金先生的《狗》，画出文章的线索。圈圈画画之间，学生用学到的方法读懂文章，体验发现的愉快。

不同的文章不一样的书，阅读指导的方式也应不同。有些书需要大声读给学生听，有些书要当作故事绘声绘色地讲述，有些书需要让孩子们静静地看，还有些书适合用来设计成综合实践活动。小学生读书很快，一本书没多大工夫就看完了。那是因为有吸引他们的情节，有他们感兴趣的知识。小学生读书也很慢，拿起来看看放下了，过段时间又拿起来看看，总也看不完。不管读得快还是慢，总有些家长在困惑——书读了不少，怎么作文一直写不好。读得快是好事，一本接一本地看，即便是囫囵吞枣也无不可，因为读书的习惯就是这样养成的。读得慢，也正常。孩子们不是为了写作文而读书的。引导孩子读书最忌功利，最忌希望学生读完立刻懂立刻会。在课堂上，教师提出一个问题要学生回答，得给学生充分的时间去考虑。读书更是如此，你把一本书一篇文章推荐给了学生，然后你能做的就是等待。如果等来学生主动和你交流心得，那当然很开心。如果等不来，也不必难受，你要相信，只要读进去了，终归会有用。

所以还是回到上面的那句话——要葆有一颗赤子之心。有了赤子之心，你就能理解儿童，你就能知道，儿童阅读应该是多元的，你就能知道，阅读不是儿童生活的全部，于是你的阅读指导就会更有效。那时，你获得的乐趣就不仅仅在阅读领域了。

2013 年 11 月 30 日

王熙凤说话太着急

小时候在电台里听过一篇儿童小说叫《小贝流浪记》，讲的是猫妈妈养了两只小猫，一只叫小宝一只叫小贝。小贝很瘦弱，有一次被一个淘气的男孩子抓住了。在去乡下的路上，小贝意外逃脱，开始了流浪生涯。在流浪中，它遭遇到危险，也结识了朋友。后来机缘巧合，小贝回到了城里，见到妈妈和哥哥小宝。猫妈妈看着两个孩子一直疑惑，为什么小宝每天好吃好喝却不强壮，而小贝流浪在外反而强壮了。对于猫妈妈的疑惑，我当时找到的答案是因为小贝在流浪过程中喝过一次狗奶。这个答案在我的脑海里保留很久，直到在师范学校里读儿童文学理论时，突然又想到这个故事，又想到那个答案，同时也有了另一个答案，一个成人想到的答案。

我时常想起这个亲身经历的案例，也时常提醒自己在与学生一起阅读习作时，要发现、尊重孩子们特有的感受。要时刻站在孩子的立场去设计教学活动，考察他们参与活动的情况，从儿童的视角进行评价。

去年十月，我编的《迷人的阅读》一书出版，该书汇编了十位体制内外的、从幼儿园至高中的教师撰写的读书笔记和个人阅读经历。出版社为此书在厦门召开了新书发布会，其中一个议程是教材中文学经典作品的同课异构。厦门的同行选择了《“凤辣子”初见林黛玉》。这是人教版教材五年级《人物描写一组》一课中的片段，教学重点是引导学生从具体描写中感知人物特点。课文中有这样一段：

> 这熙凤听了，忙转悲为喜道：“正是呢！我一见了妹妹，一心都在他身上了，又是喜欢，又是伤心，竟忘记了老祖宗。该打，该打！”又忙携黛玉之手，问：“妹妹几岁了？可也上过学？现吃什么药？在这里不要想家，想要什么吃的、什么玩的，只管告诉我。丫头老婆们不好了，也只管告诉我。”

课上，我问学生读了这段话，对王熙凤有什么印象？学生们有的说王熙凤很热情，不让远道而来的亲戚感到拘束；有的说王熙凤很大方，不论林黛玉有什么要求，她都可以满足。有的说王熙凤很会关心人，对林黛玉嘘寒问暖。大家交流得正起劲，忽然有个孩子举手发言，说：“我觉得王熙凤说话太着急。”这个答案是我从来没有想到过的。这是一个多么精彩的答案。我连忙追问：“你是怎么感受到的？”学生回答：“王熙凤一口气问了好多问题，也没有让林黛玉回答。”“一口气问了那么多，却不想听对方回答，这是为什么啊？”学生们听了我的话立刻安静下来，不一会儿，便又说出另一些答案，比如，有点虚伪，不是真的关心林黛玉等等。为了避免给王熙凤“贴标签”，我又给学生看了一段课外的文字，讲的是王熙凤初见刘姥姥。

> 凤姐笑道：“且请坐下，听我告诉你老人家。方才的意思，我已知道了。若论亲戚之间，原该不等上门来就该有照应才是。但如今家内杂事太烦，太太渐上了年纪，一时想不到也是有的。况我近来接着管事，都不大知道这些亲戚们。一则外头看着虽是烈烈轰轰的，殊不知大有大的难处，说与人也未必信呢。今你既老远的来了，又是头一次向我张口，怎好叫你空手回去。可巧昨儿太太给我的丫头们做衣裳的二十两银子，我还没动呢，你若不嫌少，且先拿了去用罢。”

这时，孩子们对王熙凤的印象又变成大方热情了。我用图表告诉疑惑中的学生王熙凤和林黛玉、刘姥姥的关系，至于王熙凤到底是个怎么样的人，我没有给出答案，我对学生说，有兴趣的孩子长大了，多读几遍《红楼梦》自然会明白。

课后，因为那句充满灵性的“王熙凤说话太着急”，我兴奋了许久。有老师说，这句话就像一把钥匙，打开了教学过程中的一扇最重要的大门，使教师将积聚在一个平面的学生的思路，引向纵深。我兴奋的主要原因倒不在于此，而是分享到了孩子独特的阅读体验。我觉得，和学生们一起阅读，首先要营造平等分享阅读收获的氛围。小孩可以从大人身上学到经验，大人可以从小孩身上找回久违的赤子之心。其次是教一些基本的阅读方法，并创造机会让孩子们运用方法自主研究、发现。只要坚持这样实践，充满灵性的回答会越来越多。孩子的想法和成人的想法真是太不相同，也正因为不同，所以他们是真正的孩子。那些想法是教师和家长最应该保护的。

一个理科出身的朋友听我讲完“王熙凤”的故事，回想起自己读红楼的体会，她说，要多一点对不同生命形态的欣赏和悲悯，少一些批评，否则岂不辜负了作者。

说得真好。我相信只要好好引导，很多孩子长大后都会这样有见识。

2014 年 1 月 21 日

读书札记

把字写好

海豚书馆丛书中收录了董桥先生的一册，十七篇文章，五万字，无序无跋。这样的小书看第一遍时适宜随手翻。一翻就是《周作人妙品》，文中提到了一幅周作人的立轴被拍卖的事。那是周作人送给金性尧先生的。“文革”中被抄没，就此没了踪影，直到金先生过世，才又神奇出现。周作人不仅送立轴给金先生，还送了扇面和一本《儿童杂事诗》。

上世纪五十年代周作人抄了好几本《儿童杂事诗》送给友人。我曾有幸见过其中一本，通篇行楷，灵秀飘逸。钟叔河先生编辑出版《儿童杂事诗》时大概没有见过这部手抄本，否则也许会用它来做底本。

董桥先生的这本书名为《墨影呈祥》，让读者见识了不少文人字画、雅致文玩。我总觉得，物件只是表面，作者真正在意的是物件背后的人事、情谊，是老派人物令人神往的风仪，是岁月匆匆的脚步，是渐行渐远的文化芬芳。董先生的文章很像江南园林，方寸之地，移步换景，曲径通幽，气象不凡。我特别喜欢看那些被精心摘引进文章的小资料。它们好似庭院里一处处玲珑的假山。单看，是一景。与别的合在一起看，又有另一种味道。比如：

> 许姬传说他少时见过梁启超去看他外公徐致靖，身穿黑缎团花马褂，蓝缎团花袍子，头戴美式呢帽，还拿一根文明棍，谈完正事谦然掏出一个扇面求徐致靖随便写几个字。

写得真好——梁启超齐整的穿戴，配上“随便”两字，把“谦然”表现得淋漓尽致。徐致靖是光绪年间进士，维新党人。戊戌变法失败，即被捕，判斩立决，后经人营救，脱险。晚年定居杭州。许姬传是戏曲评论家，八岁随外祖父徐致靖读书，成年后对京剧发生浓厚兴趣，长期担任梅兰芳剧团秘书，并致力于文物鉴赏和收藏，工书法，擅楹联。梁启超的字极漂亮，刚劲的魏碑里透着娟丽的隶意，“方整的气韵流露秀逸的气度”。

写字，对过去的读书人来说，既平常不过，又甚为紧要。趣味、学养、性情、交际等等，全在横竖撇捺之间。幼时，先父常督促：“字是‘出面宝’，要把字写好。”他的书柜里有不少字帖。我喜欢苏轼的《丰乐亭记》、褚遂良的《孟法师碑》、智永的《千字文》，还有赵孟頫的《止斋记》。说来惭愧，稍微用点心思练的，只有《曹全碑》。见我练字，父亲会提醒，临帖前一定要读帖背帖。他感慨，年轻时玩排球，手掌肌肉受伤，再也写不出像样的毛笔字。不过，父亲的硬笔字还是好的。他那本泛黄的黄若舟《汉字快写法》我至今还常看。

《墨影呈祥》中最打动我的是作者对师友的回忆，写得那样淡然、节制，却又回味无穷。

> 该是十七岁生日，亦梅老师送了我一套汤显祖作品集，嘱咐我多读戏词，说白话文要写得好，宋词、元曲、明剧不可荒废。我真的埋头苦读了好几个月才到台湾升学。大约一九六三、六四年，有一回去师范大学听演讲，一位教书先生谈起徐志摩的白话文，梁实秋先生笑笑说："要写志摩那样的文字非熟读元曲不可！"窗外淅淅沥沥下着冷冷的春雨，我格外怀念亦梅老师，他年轻的时候相貌七分像徐志摩，老了写的白话文尤其不输徐康桥。八十多岁从厦门来香港小住，老师话不多了，神情也落寞，有一天忽然对着我微微一笑："还是明朝好，"他说，"王阳明的东西不妨多读！"

读书写字，像走迷宫。独自摸索，兜兜转转，难免事倍功半。找不到出路时，如有师长点拨一二，金针度人，让你豁然开朗，何等快意。记得有一次在先师的书房里，说起周作人与日本。老师忽然站起身，找出一本《"高陶事件"始末》，说，当年北平沦陷后陶希圣派人去考察情况，还看望了周作人。周作人对来人这样讲——说到这里，老师指着几行字读给我听——

“日本少壮军人跋扈而狭隘善变。一个宇垣一成大将，被他们抬高到九天之上，又被他们压制到九地之下。他们对本国的军事首长尚且如此，对于外国政客如何，可想而知。”周作人托武仙卿带给我的口信是“干不得”。

读罢，老师不再说什么，听我释然地“哦”着，笑眯眯地把书递给我。那时，天色已暗。窗开着，微风拂面，书桌上的稿纸“簌簌”作响。书柜里的书层层叠叠，门楣上挂着王蘧常先生写的“真积力久”，是笔力健朗的章草。

2011 年 1 月 13 日

“他读得书多”

从书架上取下《经典躺着读》时，只是因为书名特别，并没有特别想买下来的意思。因为我猜得出它应该是时下常见的经典解读一类。而这类书，真正写得好的不多。再看作者——向阳——没听说过，估计是笔名。看封底，有陈丹青、梁文道、江艺平等人的推荐辞，不免心中一动。翻开目录，原来作者解读的是中国文学经典。从《诗经》、《离骚》读起，到唐诗宋词明清小说，最后收束在上世纪四十年代，很有特点。作者在序言里说，书中每一个单独的题目都是大题小做，但整合全书，却有一部小文学史的规模，从《诗经》到《围城》，跨度有三千年。可见作者的底气不凡。还有一段话很吸引我——

> 这一册读书笔记因为要貌似公共，所以没有充满我的偏见。这是一个遗憾。我的遗憾还包括，没有时间坐下来，把鲁迅通体再读几遍，把红楼通体再读几遍，一一加上自私的批点。如果可以，是多么好玩的事情啊。作为调剂，把三国水浒也一一批他一遍，也很

好玩。

拿起来读，是一大快乐；拿起来批，也是一大快乐。

快乐，真的应该是读书的第一追求。譬如作者读经典，读出“偏见”，心有所感，莞尔一笑。这才不辜负费去的时间、精力。

这类书自然绕不开周氏兄弟，我也有一个偏见——对周作人的态度往往代表着作者识见的高下。先看谈周作人的一章。作者好像也深知读者的心理，开篇不久，直指关键，他写道：“在周作人，由苦雨斋一跌而入政治深渊，反差之大，令许多中国人难以承受。在今天的我们看来，为人与为文是可以分开来对待的，何况周作人之为人并非全无是处。”只此一处，便可引以为同道了。书即买下，回家细看。

买书、读书已成积习。如今好书太多，而吾生也有涯，只能择要而读。所谓“要”，一是选自己喜欢的文字风格。如此就能读得畅快，读得深入，越读越有兴趣。二是选读好的读书笔记。一来免得再去大海捞针似的搜寻，二来读这类文章最能激发阅读所论之书的兴趣。三是多读经典。关于阅读类别的理论甚夥。对我个人而言，大致可分成信息性阅读（为获得各种信息而阅读）、实用性阅读（为工作、做事、使用器物而阅读）、经典性阅读（为丰富精神生活构建精神家园而阅读）。对一个读书人而言，读经典是一辈子的事。一部经典作品，在不同年龄阶段阅读会有不一样的体验，收获不一样的力量。我甚至还在想，一个人理想的晚年阅读生活，大概就是反复读那几本自己喜欢的经典吧。

《经典躺着读》很符合我现在选书的标准。此书各个章节相对独立，且都是随笔体，握书在手，想从哪里读起就从哪里读。跳着读，几个相邻的章节一起读。坐着读，躺着读，尽可随意。这本书原来是写给青少年看的，所以作者说“没有充满我的偏见”，但“偏见”还是有的。如果没有这些“偏见”，此书便不可读了。

比如写朱自清先生，先简要地从《背影》谈到朱自清的文坛地位。然后直抒胸臆：

> 叶圣陶以为，朱自清的早期散文不好，欠自然，后期散文好。这只是就总体倾向而言，经不起细究，比方《背影》就是早期散文，却好，自然不造作。早期写景的“美文”，如《荷塘月色》，如《月朦胧，鸟朦胧，帘卷海棠红》、《绿》，不好，都是诗性泛滥，太过浓腻。

不仅观点“偏”，举例也“偏”。作者介绍解读的《看花》、《潭柘寺戒坛寺》都是不太为普通读者注意的。更有意思的是，作者特别留意到朱自清有一些关于饮食的文章，并摘引相关句子，将一个“别样”的朱自清呈现在读者面前。在文章里，作者的“偏见”还真不少。他说，朱先生散文中，记家人的《儿女》、《给亡妇》、《择偶记》，甚至比《背影》还好，因为更细密、更亲切、更深厚。这个观点深得我心。类似观点散落在文章各处，读者一边阅读一边寻找，一边寻找一边思考，读完文章十之八九会忍不住按图索骥，把作者提到的文章找来读读。而且，由于作者受过现代文学的滋养，词句简明含蓄，文体起伏摇曳，咀嚼琢磨，能得到愉快的审美体验。

钟叔河先生编《知堂书话》时，在序言里写——

> 张宗子《〈一卷冰雪文〉后序》末节云：昔张公凤翼刻《文选纂注》，一士夫诘之曰："既云文选，何故有诗？"张曰："昭明太子所集，于仆何与？"曰："昭明太子安在？"张曰："已死。"曰："既死不必究也。"张曰："便不死亦难究。"曰："何故？"张曰："他读得书多。"

我在二十多年前读到这段话，极喜欢，从此时常找出来大声诵读。读毕，总要笑，总要想。昭明太子读书多，周作人读书多，后人只能心向往之。时代前行，信息爆炸，世风浮躁，人心不安，要像他们那样扎扎实实读那么多书，做不到了。但如向阳先生这般，用自己的法子，把书读通透，读出乐趣，做个明白人，再把自己的点滴心得写成有意思的文章，或许还能学得来。

2011 年 12 月 20 日

不妨一读

有时候读书的路径是很有趣的。比如我读周作人，知道了《塞耳彭自然史》，因为喜欢该书译者缪哲的笔调，就将其能买到的译著都买来读。继而再找他的文章读，于是刀尔登就出现在我眼前了。前些年，要想读刀尔登只能上网。喜欢刀尔登的文章，一是因为他识见不凡，二是喜欢他的文字，干净蕴藉，匠心在焉，那是靠着多年读写实践磨砺出来的。他多年前出过一本《玻璃屋顶》，我仔细回忆，应该在书店里见过，可惜未曾翻阅购买。后来想从网上买本来看，竟遍寻不得。好在到了二零零九年，刀尔登又开始出书了。

我手上的这本《不必读书目》是今年二月出的新书。这年头开书单叫人读书的事情不胜枚举，但开单子叫人不要读书倒是少见。赶紧打开书，想看看哪些书是不必读的，为什么不必读。可读着读着，我忽然觉得作者并没有说出多少“不读”的理由。比如《不读世说》，作者一开头就写，如果在十年前，他不会将《世说新语》放在“不读书目”里。这是伏笔。往下看，是信笔写出的《世说新语》阅读随想。

虽然作者给出一条“读”的理由和两条“不读”的理由（在我看，也不能算合适的理由），但到最后，却写了下面这段话——

> 一千多年里，《世说新语》是名士宝典、风雅秘籍。无论是在乡下读书，还是衙门里掌印，总要看看此书，找几句放言，时常挂在嘴边，寻几件趣事，每年做它几次，如此一来，铜气可消，俗骨可锻，就算不为名士，庶几雅人。

这哪里是让大家不要读？

这样的例子很多，比如《不读文言》，作者谈论的是朱自清、叶圣陶、吕叔湘编的《文言读本》，这当然是好书。也是到了文章最后，作者写道：“……《文言读本》现在看来，也是很好的课本。”

书中所有文章都是以“不读”二字开头，从先秦诸子到唐诗再到各类杂书。在我看“不读”说得太绝对。此书是杂志专栏文章的结集，估计那专栏为了吸引读者才选用此语。就文章内容，如果用“不必读……”或许还妥帖些。刀尔登自己也知道这个道理，即使“不必读”，他也觉得有问题。他在序言里说——

> “不必读”这样的题目，不能不承认，有一点危言耸

听。起初拟题，心里的想法，是要以批判为主的，然而很快意识到，对古典著作或古典的观念，没有办法持单一的褒贬，那毕竟是我们一半的精神背景，我们在其间活动，判断，理解事物，想像未来，喜欢也罢不喜欢也罢，出发点是改变不了的。对旧观念中的某一部分，我在这些年里，一有机会必加诋讦，但细细想来，真正不满的，是今人对这些观念的态度，而非那观念本身，因为那是古人在许多年前的思想，格于形势，他们还能怎么想呢？今人的不智，是不能记在前人的账上的。

这话说得多好！

其实书中文章都是以一本（类）古书为话题，谈阅读感受，就当下发些议论，还真不是无趣的“必读”或“不必读”之类的读书导引。如在《不读水浒》中，作者说不读的理由是他“极不喜欢”武松。这当然是玩笑。刀尔登真正要说的是——“他（指武松——朱注）最多，也只好算个雇佣打手，而这样的人，在城郊的某个市场上成群结队，晃来晃去的，有的是呢，一百块钱，再发根棒子，就雇他一天，哪里用得着什么武松。”

既如此，如果把书名改为《刀尔登读书记》，文章题目换成类似《旧山河》中摇曳多姿的，再把那些弯弯绕的“不读”理由捋顺了，岂不更好。至于书商记挂的销售问题，我看不必担心，喜欢的，看到“刀尔登”自然会买。不喜欢的，凭你想出再多的“必读”、“不必读”，也是无用。

2012 年 7 月 1 日

扬之水的日记

一九九五年的某天，好友谢君给我打电话，谈及他新发现的一套好书——《书趣文丛》(第一辑)。谢君兴致勃勃地将丛书里的书名一一读出，提醒我要买回看看。就这样，我知道了“扬之水”和《脂麻通鉴》。

十多年来，扬之水的书我买了不少。可毕竟底子薄，关于名物考证的文章，只能读个一知半解。常常翻阅的还是她的读书笔记和游记。

> 婺源的绿，浸着水一般，绿汪汪，鲜灵灵。没有一片瓦蓝的天，没有几卷如丝的云作绿的陪衬。它只是在濛濛水气中洇着，倒更见得腴润。如带的水，不载晴空，不将日影，只是映着树，映着竹，又托了几叶竹排，潺湲流淌。让人觉得整个婺源，就像是观世音净瓶中的一枝柳，那水，那绿，竟沾了仙气似的。

听说扬之水初中毕业后插队，回城后先当了货车司机。于是，我常想，作者要花多少苦功才能练就这般清雅韵致的笔墨啊。

去年年底，扬之水将自己在《读书》杂志当编辑时（一九八六年至一九九六年）的日记整理出版。共三册，目前已出两册。购读之后，上述疑问的答案找到了——很简单——就是读书。如果哪位读者有心，依据日记中的记载，整理出一份书单，就会发现作者读书数量之多、范围之广是叫人吃惊的。我非常喜欢读别人阅读心得，尤其是写在日记中的，它们短小、灵动，常常是作者阅读之后的第一印象。如：

> 沈从文的文字，以前就喜欢，现在更喜欢。以前爱读的是小说，现在爱读的是小说以外的作品，——因为很早就不读小说了。发现他真有见识，批判的精神，并不亚于鲁迅，只是文字的风格不同。读他写于半个世纪前的文章，所述种种，仍如今日。

这是扬之水在获赠一套《沈从文别集》后写下的感受。这样的感受是最好不过的阅读导引。阅读它们，仿佛是在聆听一位前辈的点拨。读书是很需要这样的指点的。

日记中占据较多篇幅的除了读书体会，寻师访友约稿之外，就是对各种食物的记录了。如果赴宴，扬之水总会详细地记下席上各色菜名。即使出差在外，在路边小摊买点心充饥，她也会记录下来，并发表见解。比如下面一段：

米线端上来之前，先有一小罐汽锅鸡，食器玲珑小巧，鸡汤滋味鲜美。过桥米线的碗，大概是那一种最大号的海碗了，一层油覆着热汤，盘子里切成薄片的鸡、肉、鱿鱼及鹌鹑蛋等倒下来，果然几分钟就烫熟了。拌上米线一起吃，的确可口。

我很喜欢吃过桥米线，读这些文字，让我馋涎欲滴。热爱美食，是一种生活态度。能够感受美食，是一种人生境界。我甚至认为这些早年间的记录与扬之水近几年的名物研究是有着某种关联的。

扬之水的日记不是工作日记，所以日常家居生活也常跃入读者眼帘。让我想不到的是日记中还记录了一次她到儿子班中听英语公开课的事。她听完课觉得“教学过程很完满。”后来问了儿子才知道“原来讲的是一节旧课。其中上台朗诵的几组同学，也是早就应了老师的吩咐，准备数日了的。”继而扬之水感慨道:“这有什么意思？等于是观摩一场表演，从小就对学生们进行这种表演训练吗？”

读来不觉莞尔。

有人说日记分两种，一种是为了出版而写，一种是为自己写。我想，扬之水在写下这些日记时，一定不曾想过有朝一日，它们会呈现在众多读者跟前。所以日记中颇多快人快语，这是她别的书里没有见到的。好在，快人快语被保留下来不少，这让阅读过程变得很有生气。

这部《〈读书〉十年》信息量极大。除了上面提及的可以整理书单，了解一个读书人的阅读史，还可以借此研究《读书》这本改革开放后文化界重量级刊物的发展历程，或者上世纪八九十年代出版界的情况。如果有兴趣，将日记中文化名人们的事迹选摘出来，就能编成一本有趣味的笔记。我甚至胡想，具有经济学背景的读者如果针对那些菜名、物价作一番梳理，或许能写出一份反映那十年社会经济状况的案例分析报告。那该多有意思。

去年，扬之水密集推出新书。我不禁又想起她只印了三百册的第一本书——《棔柿楼读书记》。忍不住向出版社的朋友打听是否会重印，回复说，作者不同意。扬之水解释：

> 它唯一的价值就是只印了三百本，当然对于我个人来说，这本小书还是很有意义的。第一，它留下了两位长者对我的关心和帮助，负翁其一，谷林翁其二（小书出版后持奉谷林先生一册，翁曾为之校出几十处错字）。第二，它记录了我曾经的读书痕迹，而当年读过的很多书今天早已不记得。第三，它由此开启了我，以及后来的我们与辽教社合作的一扇门。然而除当事者之外竟还会有人对它感兴趣，且肯出高价去找寻，真是太大的意

外。对此我只有惭悚和感念。

虽然网上能找到该书的电子版，但终究不及纸质书读着舒服。

2012 年 8 月 13 日

一本全新的旧笔记

一

李斯送走了韩非一夜没睡踏实。他心里燥热，喝了几大碗凉水，频频解手，躺在床上翻来覆去地睡不着。

他本来一心劝说韩非，弃韩投秦，为咸阳效力，心里只怕爱国心诚的韩非不肯，自己无法向秦王复命。不想，韩非多年碰壁，早就成了一个识时务的俊杰，大事面前已不再糊涂。

待看到韩非挥笔写下《上秦王书》时，他才警觉起来：若是秦王真的重用起韩非，那又会如何呢？他没想到，韩非降叛起来，态度会如此坚决；为邀秦王宠信，心情又如此迫切。最令他吃惊的是，韩非竟会建议首先灭韩！

在一夜断断续续的梦中，他脑海里反复影现出当年初见韩非时的情景：一阵车喧马叫声中，一个锦衣鲜亮、神采飞扬的年轻公子快步走进屋来，正襟危坐的荀卿赶紧起身相迎，满堂里却回荡着秦王的声音："若得见其人，与之游，死不恨矣！"

半睡半醒中，李斯渐渐将整个事情想透了。

《秦相李斯》很好看。作者钱宁出身名门，曾到美国留学，识见自有高明之处。他说自己对李斯这个人物很着迷，二十岁时读李斯的列传就有"悚然的感觉"。后来读多了，"觉得他好像还活着，在我们中间"。读钱宁笔下的李斯真有一种活生生的感觉。作者将种种细节的想象与先秦典籍的阐释妥帖地糅合在一起，让读者在阅读中充满了现场感。

二

钱宁应该花了很多力气读书，所以才能编出一本《新论语》。全书分为内外二编。内编收录了《论语》中孔子说的话。包含了核心篇（探讨"仁"的内涵）、路径篇（指明求"仁"的三种途径是学习、修身和践行）、实践篇（从治国、处世两个方面讨论"仁"的实际应用）、例证篇（以实例教学的方式，通过评论弟子、议论时政、评说历史等展现"仁"的深层含义）、哲思篇（讨论生死、鬼神、时间等哲学命题）。

外编收录孔子学生们的话，包含了评价篇（同时代人对孔子的评价）、记忆篇（弟子们回忆孔子）、阐释篇（弟子们阐述孔子的思想）。还是《论语》，一字不加，一字不减，但面目一新。以前，我教学生读《论语》，常会先介绍，这是一本语录体的书，里面有许多孔子学生的听课笔记。学生会问，什么是“语录体”？那是零散地记录别人的言行，不讲究篇章结构的文体。我从《论语》中选摘适合小学生阅读的内容时，也是零零碎碎的。偶尔，我也会想，一部对中国人民族性格、文化传统产生了巨大作用的书竟然只是一本编得杂乱无章的听课笔记，甚至还有相同的话出现的不同的章节里。而《新论语》彻底改变了我的想法，在这本逻辑缜密、论述深刻的书里，我真正感受到作为一代大哲的孔子的形象。当年读李长之的《孔子的故事》，孔子在我脑海里从一个符号变成了活泼泼的人，这种豁然的感觉在读完《新论语》后又出现了。

作者在序言中推测孔子晚年未订正《论语》的原因时说——

> 孔子最终没有那样做，一定是发生了什么事情，让他无法完成此事——推想起来，这很可能是颜回的早逝。……在学说传承上，孔子的希望完全寄托在了颜回身上。可惜，颜回的早逝，改变了一切。他来不及整理

好“课堂笔记”，让老师过目了。更重要的是，孔门之中，再也无人能像他那样理解老师学说的精微和深刻。这对孔子打击巨大……颜回亡故之时，孔子悲呼：“天丧予！天丧予！”其中的哀伤痛楚，非外人所能体会。

古人的生活环境自然与现代社会相去甚远，但人的情感是一样的。带着感同身受推己及人的态度读古书，才能真正走近古人。描写古人，整理古书更应如此。《新论语》从人的角度上梳理学说，让学说充满了人性的光辉，扎实而温润，让读者仿佛看到几千年前一个老者为了让人“爱人”而思考、实践、传道、辩说，并为之喜悦、悲伤、奋发、无奈，让我总情不自禁地想到《孔子的故事》以及《秦相李斯》。

其实，千百年来，中国一直面对着如何发现人尊重人的问题，一直在寻求答案。钱宁是懂中国的。《秦相李斯》的楔子写李斯在粮囤下坐了一天，然后决定辞别老母妻儿，外出求学闯世界。最后一句精彩极了——

那一年，距公元前221年秦始皇一统天下不到30年；距公元1949年毛泽东解放全国还有2100年。

2012年9月29日

编书余墨

《讲台上下的启蒙》后记

先父病中服过很多中药，有一味夏枯草常用到，于是我就记住了。查家里的《中药图谱》：夏枯草，别名他铁色草、六月干、地枯草、大头花等。为多年生草本。茎呈四棱形，有分枝，上常有白色短柔毛。叶片呈狭卵形，长约二至五厘米，叶片边缘生小锯齿。夏初开花，花冠多呈紫色。结果时，硬果多呈棕色，椭圆形。生长于草坡、荒地及路边草丛中。几乎遍布全国各地。性寒，味苦辛，有清肝明目、消肿散结等功效。

不知道为什么，我特别喜欢“夏枯草”三个字。一直想拿它做书名。如今真的要出书了，想来想去，还是把这三个字暂且存在心底。

止庵先生在《樗下随笔》后记中写道：

> 理想的文章大概可用“老”、“淡”、“拙”、“疏”这么几个字来概括。老是成熟洞达，沧桑，汰尽青春气；淡是发乎情止乎无情，含蓄，有意味，不夸饰浮躁，不

咄咄逼人；拙是天然朴讷，大智若愚，有安排但不露痕迹；疏是写得丰腴，舒展绵延，会用闲笔、会“断”——不要起承转合。

止庵先生的意见，我极为赞成。还把它们当作自己习作的目标。不过我以为还应该加上一个“苦”字。苦是对现世的人文关怀，是悲天悯人之心。一百多年前，李鸿章讲，中国遭遇了“三千年未有之变局”。要破局突围，只有走现代化的道路。不过这条路走得着实漫长艰辛，叫人难免心绪不宁，而我的职业却最忌心浮气躁。虚火旺盛的时候，要吃一点夏枯草之类的清热解毒、散瘀消肿的苦药。因此，我努力学着写点带些苦味的小文章，上几堂有点苦味的课，用以时时警醒自己，走上讲台扎扎实实做点启蒙工作，走下讲台认认真真读书思考。学习常识，传播常识。

书中收录的文字，新旧兼顾，有我从事语文教学的点滴体会，有对小学教育的肤浅看法，还有读书笔记和关于亲友的杂记。体裁上有随笔、日记、书信、散文等。杂七杂八地汇总在一处，都与教育教学有着或隐或显、或深或浅的关系。有点乱，但好处是读者诸君能全面了解我的想法、实践和生活。在阅读时也能各取所需，增加点趣味，不至于太单调。

附录中的长文是我个人的专业小结，也可视作本书的归纳以及我的观点的提炼。

夏枯草生于冬至，枯槁于盛夏。“寿则多辱”，生命短暂有时未尝不是好事。但愿我这些不像样的文字也能如此。

2010 年 8 月 8 日

让儿童自然成长

从儿子出生那天起，我不间断地给他写成长录，平均一周一篇，到现在，已写了三百多篇。随着时间的推移，我愈发觉得这样做不仅能为儿子留下一份成长记录，也让我更深切地感受到生命成长的不易以及了解儿童世界的困难。我曾写过这样一段成长日记——

公开课后

昨天，儿子的班主任给他们上了一节公开课。课上，老师带小朋友们做游戏。老师扮演洒水车，小朋友们扮演行人。“行人”见到“洒水车洒水”就要立刻躲开。听张老师说，允成非但没有躲开，还说因为他的车窗关上了。玩第二次时，他依然这样做。张老师觉得游戏规则设计得不理想，而允成的行为正好揭示了这个“不理想”。我却不这么看。我觉得，允成的行为只能说明他在上课的时候太随便，只想着自己的意思，不按照老师的要求去做。为此，我和张老师展开了热烈的争论。最后谁也说服不了谁。因为我们的争论不是家长与老师间的争论，而是幼儿园教师与小学教师间的。同时，性别也是一个因素。

晚上，我跟儿子说起这件事情。刚开了个头，允成就兴奋地说："王老师开洒水车，我们开小汽车，我开的是颐达（一款小轿车）……"

"你知道什么是行人吗？"我突然想到，也许他不知道什么是行人。

"不知道……就是开车的人啊……"允成回答。

原来如此。想来也难怪，儿子出门就坐车，很少有在马路上步行的经历。我们好像也没有给他解释过行人和驾车的区别。

理解幼儿世界之难，可见一斑。

我将上文和另几篇成长录组合成一篇《育儿记》，放进《讲台上下的启蒙》一书中。

有朋友读了《讲台上下的启蒙》对我说，这本书和平时常见的教育教学随笔集有些不同。将近三分之一的篇什看上去好像与教育没什么关系。书中的第三部分是读书笔记，可评论的几乎都不是教育类书籍。第四部分则是关于亲友的杂记和游记。我解释道，小学教师做的是基础教育工作，要为学生今后的成长打好各方面的底子，所以小学教师应该是一个杂家。不求专深，但求广博，这样教师的知识结构会更完善，人也会更有情趣，就会被学生所喜欢，进而，教师就能成为学生与各种知识间的桥梁。要做杂家，还是得多读书，读教师专业方面的书，更要读非专业的书。尤其要花力气读小孩子喜欢读的书。那样，就能进入儿童的话语系统，用儿童喜闻乐见的方式与之交流相处，让儿童在情感上与你靠近。儿童不是小大人。儿童有着自己的独特的世界，成人得想办法走进去。书中的那组读书笔记无非就是想传递这样的信息——读书要驳杂。读书，然后明理。于是遇到儿童的教育问题，就能透过现象抓住本质，便于找出办法。

另外，我总觉得教师教育思想的形成，教学行为的选择与其生活经历有着密切关联。我将怀念父亲、养育孩子、记录朋友交往的文章放在一处，为的是表达自己对生活、生命的一些感悟。亲人、师长、朋友、学生都是我生命历程中的重要组成。人生苦短，在时间的长河里，一段人生连短短一瞬都称不上，既然有缘形成某种关联，那就要惜福惜缘，真挚平和地相待。由此，再想到教育，我觉得小学教师经常性地回顾自己的童年，并加以客观分析反思，对自己的专业发展很有好处。教师常常说以学生为本。说说容易，怎么做呢？四个字——将心比心。教师最好经常站在学生的角度想问题：我这样讲课学生能有兴趣听吗？我这样与学生交流，他们能接受吗？我这样布置作业，学生能完成吗？我这样的教学设计能让全体学生都有所进步吗？叶圣陶先生在一九一九年元旦发表过一篇文章，其中有一段写到语文教学中的以生为本：

> 总之，作文命题及读物选择，须认定作之者读之者为学生，即以学生为本位也。教者有思想欲发挥，有情感欲抒写，未必即可命题，因学者未必有此思想有此情感也。教者心赏某文，玩索有素，未必即可选为教材，因学生读此文，其所摄受未必同于我也。必学生能作之文而后命题，必学生宜读之文而后选读，则得之矣。

这段话可以间接回答我上面的问题。这段话说到现在快一百年了，我们做到了吗？在这么长的时间里，我们有进步吗？这段话里蕴含的道理在家庭教育中同样适用。

有些家长、教师有时面对儿童成长过程中的问题，想找出立竿见影的好点子。他们在书本里找答案，他们也会尝试着与孩子交流，试图走进儿童的内心。可越是急，结果越是糟。儿童成长是一个很长的过程，因此儿童教育是慢的教育。任何拔苗助长，违反儿童成长规律的行为都会造成不良后果。我经常听到一些家长说，为了不让孩子输在起跑线上，在幼儿园里就提前学会了多少位的加减法等等之类的话。可这些不顾孩子实际情况盲目跟风的家长不会去分析，孩子是否是真学会，这样的学习对孩子的思维发展、潜能的发掘、学习兴趣的培养、学习习惯的养成会带来怎样的影响。儿童教育得慢慢来，即使孩子在某方面早慧，也得仔细分析，科学引导，区别用力。当孩子在成长过程中出现反复时，更要平等对话，悉心指导，宽容对待。尊重孩子，真正把他们当作活生生的具有独立性的生命个体，为他们提供必要的自由时间和空间。有一次，我教孩子们观察记录生活中的小镜头。课上到最后，我请孩子们讨论学写小镜头的好处。一个孩子说，能让我们用笔写下喜怒哀乐，给我们留下美好的记忆。这话说得多好啊！小时候的开心与不开心，等长大后回忆起来，不都是有趣的吗？这样的话，我想不出来。有人说，儿童是成人之师。说得太对了。在课堂上，教师要为学生独立思考自由表达创造条件，在生活中家长也需要这样做。如此，孩子就能时时给我们惊喜。

让儿童慢慢地自然成长。家长、教师在一旁提供必要的条件，然后带着一颗赤子之心静静地关注、欣赏。

2011年5月5日

《小学生朱自清读本》前言

小读者们，你们打开的是朱自清先生的作品选集。

很多年前，我第一次给小学生推荐朱自清先生的文章，选的是《冬天》。文章开头这样写——

说起冬天，忽然想到豆腐。是一“小洋锅”（铝锅）白煮豆腐，热腾腾的。水滚着，像好些鱼眼睛，一小块一小块豆腐养在里面，嫩而滑，仿佛反穿的白狐大衣。锅在“洋炉子”（煤油不打气炉）上，和炉子都熏得乌黑乌黑，越显出豆腐的白。这是晚上，屋子老了，虽点着“洋灯”，也还是阴暗。围着桌子坐的是父亲跟我们哥儿三个。“洋炉子”太高了，父亲得常常站起来，微微地仰着脸，觑着眼睛，从氤氲的热气里伸进筷子，夹起豆腐，一一地放在我们的酱油碟里。我们有时也自己动手，但炉子实在太高了，总还是坐享其成的多。这并不是吃饭，只是玩儿。父亲说晚上冷，吃了大家暖和些。我们都喜欢这种白水豆腐；一上桌就眼巴巴望着那锅，等着那热气，等着热气里从父亲筷子上掉下来的豆腐。

白水煮豆腐，蘸点酱油，在小孩子的眼中便是极好的东西了。因为在他们眼中，这不仅能解馋，还很有趣味。我曾津津有味地把这一段读给学生们听，他们很喜欢，说文中描述的场面很温馨。是的，这白水豆腐中有亲情。

后来，这些学生进了中学，他们欣喜地发现课本里有不少朱自清先生的文章。印象最深的是《背影》。不知道有没有人做过专门的统计，我想，很多人对中国现代文学的了解、阅读应该都始于《背影》。这篇文章面世不久便走进了中学课本，滋养了一代又一代的中学生。我也不例外。因为《背影》，我后来花了好几年买齐并通读了《朱自清全集》；因为《背影》，我开始阅读并喜欢上了中国现代文学。第一次读完《背影》，我就产生了共鸣。因为在一个冬夜，父亲骑车带我去医院看病。我坐在自行车的后座上，看着父亲上下起伏的背影，也曾经十分感动。

不同的年龄阶段读《背影》感受是不一样的。二十岁之前读，对“他嘱我路上小心，夜里要警醒些，不要受凉。又嘱托茶房好好照应我。我心里暗笑他的迂；他们只认得钱，托他们直是白托！而且我这样大年纪的人，难道还不能料理自己么？”这样的描述一定是很有同感的。青春年少，意气风发，总觉得自己可以独自面对整个世界，最听不得长辈的嘱咐唠叨。但现在我自己也做了父亲，再读这段话，便能体会到另一层东西。父亲“他少年出外谋生，独力支持，做了许多大事。”人世间的经历自然是丰富的，他怎么会不知道茶房只认得钱？但即便如此，他还是要很“迂”地嘱托。这就是父爱。看似迂腐的嘱托背后是美好的人性。读者感悟到了这人性之美，文章便流传下来。《背影》中不止有父爱，朱自清先生写道——

> 但最近两年的不见，他终于忘却我的不好，只是惦记着我，惦记着我的儿子。我北来后，他写了一封信给我，信中说道，“我身体平安，惟膀子疼痛利害，举箸提笔，诸多不便，大约大去之期不远矣。”我读到此处，在晶莹的泪光中，又看见那肥胖的，青布棉袍，黑布马褂的背影。唉！我不知何时再能与他相见！

一个儿子的忏悔之情充溢在字里行间。这不也是一种美好的人性吗？

朱自清先生这一类记人写事的文章总让我很感动。其实，即便写景状物，朱先生也总是将真情实感寄托在词句中。他的观察细致入微，描摹精准生动。他是敏感的。寻常的事物常能使他生发感触。而我们读到这些感触，又忍不住联想到自己。这样的阅读体验多么美妙啊！

本书中还收了一些朱先生在欧洲游学时的游记。写这些文章时，他常常情不自禁地将外国与中国作比较。我们阅读时，最好也能这样去比较。那样，除了能了解异国风物，还能获得更多的信息、感受。

写到这里，再介绍一下朱自清先生的基本情况。他生于一八九八年，一九四八年因为胃病去世。他原名自华，号秋实，后改名自清，字佩弦。原籍浙江绍兴，生于江苏东海。朱先生写诗，写散文，他研究学问的文章我也很喜欢。他是清华大学的教授，他的不少学生都成了专家学者。

朱先生是生活在二十世纪的人，写文章遣词造句和现在有些不同。有些字在我们看是用错了，可在当时是正确的。为了保持文章的原貌，我没有修改。想必大家可以读懂。

希望这本书成为一扇门，推开它，你可以走近朱自清，然后继续往前，走向美好的文学。

2011 年 7 月 10 日

《小学生朱自清读本》后记

在我的书房里有不少现代作家的文集，但全集，只有朱自清先生的。一年前，发建兄来电话，邀我编写《小学生朱自清读本》，我一口答应。

小学生常读常写的文章绝大多数是写人记事，写景状物，我就以此确定了整本书的主体框架。《背影》、《荷塘月色》、《匆匆》这些名篇自然要选。朱先生走过许多地方，写过不少游记，也是要选一些的。其中，我特别重视朱先生写在欧洲游历的那些文章。现在社会发展，出国方便，文中提到的一些国家，有的小读者也曾去游览过。读了文章，将自己的感受与朱先生的感受做一番比较，或者将当下的中国与外国做一番比较，都是很有趣也很有益的事。如果有的小读者还没机会出国旅行，没关系，读了朱先生的文章，便是完成了纸上的旅程，一样增长见识，启迪思考，为形成国际理解观念打下基础。

读书可以开阔视野，促进思维。对小学生而言，读书还是学习语言、运用语言的重要途径。朱自清先生说自己“是一个国文教师”，写文章时“注意每个词的意义，每一句的安排和音节，每一段的长短和衔接处”。他把这种态度称作“不放松文字”。这些不被放松的文字正是小学生学习语言的绝好教材。编选文章时，撰写导读提示、“读与思”时，我的脑海里常常闪出这些话。我努力着，期望小读者们阅读本书后，一方面能了解作者写了什么，更希望大家能明白作者是如何写的，这样写有什么好处，我们可以如何借鉴学习。朱先生还说：“控制文字是一种愉快，也是一种本领。”这话，我是很受用的。帮助孩子们学会控制文字的本领，让他们体会到控制文字的愉快，乃至在发展语言能力中全面成长，不正是我这个小学语文教师的工作内容吗？

道理是想得清楚的，但终究力有所不逮。好在钱理群先生审读了书稿，写下七千余字的修改建议。在钱先生的引导下，每篇文章后面的“读与思”更准确地把握住了朱自清先生的语言风格，并用儿童易于接受的方式表达出来。最妙的是，钱先生写下一些重要的连接语，将全书各个部分连成一体，于是书有了主线，有了灵魂。相信小读者们读完本书，自会明白其中的好处。

对我而言，阅读、思考钱理群先生的审稿意见，使编选工作成为一个极有意义的学习过程。这让我对正在实践的文学教学和文章教学有了新的思考。为此，我要向钱先生表达最诚挚的谢意。

很巧，今天是先父冥诞。他如果知道我编了这本书一定会很开心。我永远记得他的背影，记得他给予我的种种。

2011 年 7 月 28 日

写书育儿

泪与笑

小　引

儿子（允成）出生后我一直不间断地给他写成长记录，到现在，六年多，一共写了三百三十三篇。每写满一百十一篇我就将其编印成书。来得及的话，下个月《允成成长录三集》也将付印。这些记录中有很多泪影与笑声，有怕与爱，它们把生命成长的不易具象化了。这是我与儿子共同的生命成长。

甲编　泪影朦胧

“每天都在担心”

“哎，昨天允成睡觉时是不是着凉了？”晚上，妻子问我。

“不会啊……怎么啦？”

“他今天拉了四次大便。以前从来没有过的……”妻子一边叠尿布一边说。

“是水泻吗？”

“那倒不是。”

我忽然想起前段时间买的书：“我记得上次在那本书里看到过如何观察孩子的大便，你去看看。”

我们一会儿上网，一会儿查书，直到觉得没什么问题才睡觉。

第二天允成凌晨四点半就醒了。

等天大亮，妻子突然发现允成的手臂上、身上、额头上有很多蚊子块。不多一会儿，就红肿起来。“这一定是只毒蚊子。”

又是上网、查书、打电话。然后在房间里点蚊香，洒风油精。不一会儿，凄风斋里已是烟雾腾腾。

吃过晚饭，允成在摇篮里睡着了。

“这可怎么办啊？我觉得自己每天都在担心……原来是只糯米团子，现在变成赤豆粽子了……”妻子拉起允成白白胖胖的小手。忽然，眼泪簌簌地滴在了地板上。

剃头是项系统工程

天气转热，允成的头发长了，头上竟焐出痱子来。我们特地买来电动剃刀，准备给允成在家里理发。因为上次去理发店，允成很怕，哭得很厉害。

星期天下午，我抱着允成，外婆“操刀”。没想到，电动剃刀刚在脑后响起，允成的身体就猛地一抽搐，随即恐惧地大哭起来。他一定想起了上次剃头的经历。

“囡囡，不怕，不怕……”允成哭得很伤心。

头发还是要理的。晚上，允成坐在地板上玩积木。我有意取出剃刀放到他跟前，想让他熟悉熟悉。允成一见剃刀立刻丢下积木，大叫着向外面逃。不仅如此，允成甚至不能听到“剃刀”两字，一听到，就害怕地大喊。这下，连“足智多谋”的外婆也没有法子了，一个劲地自言自语：“这可怎么办？这可怎么办？”

几天来，剃头成了家里的中心话题。大家群策群力想出各种各样的主意，可是一个主意刚诞生，就会有众多的否定意见来扼杀它。比如：我说用剪刀给允成简单修剪一下，妻子反对，允成一动，容易被剪刀戳到。外公说让允成逐步了解剃刀直至把它作为玩具，外婆反对，这个过程时间太长。妻子说，你和允成一起去理发店，你先理，让允成看，随后再理，我反对，允成根本没有耐心和勇气看我理发。就这样，商量来商量去，没一个结果。

今天下午，外婆忍不住了。她趁允成睡午觉时用剪刀帮他剪头发。允成很警觉，剪刀一动他就知道。一场午觉被搅了，允成很生气，醒后见到外婆就用自己特有的方式不住埋怨她。看着允成有些古怪的头发，大家决定长痛不如短痛，吃过晚饭就去理发店。

晚饭时，大家当着允成的面一直说剃头的事情。允成好像意识到了——今天必须去理发。他皱着眉头，板着脸，心事重重。

理发店门口的霓虹灯把允成吸引住了。此时不剃更待何时？

剃刀在允成的脑袋上穿梭。允成扯着嗓子号啕大哭。奶奶、外婆、妈妈不停地安慰他，说他懂事了，这次一点儿也不挣扎，很配合理发师。哭声引来很多路人，大家笑嘻嘻地看着允成。

三分钟，允成成了小光头。我适时地出现在允成的面前，他伸开手臂要我抱。

小推车、外套、玩具、外婆、妈妈、奶奶都不要了，我们迅速“逃离”理发店。

去托儿所

今天，儿子正式入托。

这几天，家里每个人都在议论这件事情。妻子不时对我说着她的各种担心。岳母一晚上没有睡好，今天一早赶到托儿所门口偷看允成。允成今天很早就醒了，情绪有点低落，好像也感觉到有事要发生。路上，我问他："你想去奶奶家还是外婆家？"允成说："奶奶。"

他的生活作息又要调整了。

早上，我们把儿子先送到小阿姨家，儿子在那里吃了早饭后，再去托儿所。八点半，我先到托儿所办手续。一些小朋友陆续来了。有的在哭，有的在说："奶奶，你早点来接我。"还有几个家长在门口徘徊。

小阿姨推着儿子来了。我们把儿子抱下推车。他不愿意到操场上玩，太陌生了。老师来了，没等允成反应过来，就把他拉到操场上去了。儿子在挣扎，在哭。我们赶紧躲到旁边去。等探头再看时，只见老师把允成抱在手里，他没有再挣扎，只是哭。

为了让他适应，这半个月，允成在托儿所只待半天。吃午饭时，我去看他。走廊里放了几张小木桌。孩子们围着桌子坐着，有的自己在吃，有的在等老师喂。我寻找着儿子的身影。忽然，我看到他站起来了，穿着棉毛衫，好像在指指点点。老师在给他喂饭。仿佛有感应，儿子突然扭过头来，我怕影响他吃饭，急忙闪到一边。

"爸爸……爸爸……"允成在哭喊。

我第一次听到儿子叫得这样响，这样急，这样惨……

鹅口疮

“什么？鹅口疮？不是只有新生儿才得吗？”

“估计是孩子抵抗力差，加上天气反常造成的。他有吃手指的坏习惯吗？”

“前段时间我们是发现他常吃手指……”

锡类散，一种黑灰色的粉末。

我把它和蜂蜜调和在一起。粘稠得像强力胶，散发出难闻的辛辣气味。前天和昨天，我们万般无奈地将这恶心不堪的东西硬塞进儿子的嘴里。那惨烈的情景让我晚上时时惊醒，让妻子难过地不住自责：“囡囡，侬不要恨妈妈，侬不要恨妈妈……”

今天在外婆家，我说情况已经好转，言下之意是不要涂药了。外婆说：“再涂一次。”她不了解……

允成正把玩具汽车一辆一辆整齐地放在他刚搭好的小房子周围。妻子把允成抱到沙发上，大家开始做思想工作。儿子哭了：“不要，不要……”这两天，他总在做噩梦。

按头。按手。按脚。

外婆理想化地将粘了药的棉花棒放进允成嘴里。允成咬住它。喊叫，挣扎。嘴唇破了。泪水、鼻涕、口水、黑乎乎的锡类散、殷红的鲜血混杂在一起，惨不忍睹。

外婆的脸痛苦地扭曲着。

“不要弄了！太作孽了……”外公说。

“医生说，不治好会蔓延到肚子里去的。”外婆还想再试一试。

又是一次残酷的战斗。

儿子被按倒在沙发上，看着我哀号：“爸爸……爸爸……爸爸……”

儿子本能地向我呼救……可我却是酷刑的执行者……

手在颤抖。

被允成喷出来的黑色药剂溅落在他白净的小脸上。

突然，外婆叫道：“算了……算了……”她把允成抱在怀里，一边为他擦拭一边放声痛哭。

乙编　笑声阵阵

奇怪的奶嘴

允成属鸡。每天总在早晨五点左右准时从睡梦中醒来。醒后先自己在床上叽里咕噜地说一会儿话，随后哇啦哇啦喊几声，提醒妻子喂他吃胡萝卜汁。

这一天，妻子抱着允成喂他喝胡萝卜汁。吃着吃着，允成皱起了眉头，妻子拔出奶瓶。只见原先圆鼓鼓的奶嘴竟被允成吸得瘪掉了。

“啊呀，宝宝你可真厉害！怎么把奶嘴弄成这样了？”妻子笑起来，“让妈妈想想办法。”正说着，不曾想奶嘴突然缩成了一团。允成被眼前的情景搞懵了，睁大眼睛看着奇怪的奶嘴，露出无辜、迷惑的神情，好像在说：“不是我干的。”

我接过奶瓶，拧开瓶盖，瓶里有了空气，奶嘴立刻恢复原状。

“哈哈……哈哈……我们继续喝……”妻子和允成都笑了。

“阿姐”

母亲家走廊上挂着一只鸟笼。鸟笼里有一只小鹦鹉。头部是红色的，身上是绿色的。叫起来，声音很难听——“叽——喳——”，允成和允迪喜欢模仿它的叫声。小鹦鹉一叫，他们就在家里学着叫。不知怎么的，还给它起了个名字——“阿姐”。小鹦鹉又叫了。我问允成谁在叫啊？允成大声回答：“阿姐。”

最近我发现允成一直在努力学习说话。大人们说到什么，只要他会说的，就赶紧学着重复。他还经常自言自语。有时一口气说上一大段话，不过，我们一个字也听不懂。

允成已经学会说“尼桑”。他常常能从众多汽车标志中找到“尼桑”。心情一好，就独自反复说：“妈妈，尼桑。五爸（即外公，允成自己发明的称呼），尼桑。”妻子和小姨父的车都是尼桑。允成说“尼桑”时总要歪着脑袋，半眯着眼睛。那样子常惹得奶奶笑个不停。

允成虽然还说不出一整句话，却已经能和我们对话。吃果冻前，我问他，你要吃一个还是两个？他回答：“两。”我再问：“你要吃三个还是两个？”他立刻说：“三。”有一次允成看见妻子腹部上生产时留下的刀疤，就用手去摸。妻子问：“你知道这是什么吗？”妻子说的是设问句，可是允成却把它当作疑问句，想都没有想就说：“1。”见我们大笑不止，儿子也笑起来。

一天，我问他：“侬欢喜外婆吗？欢喜就讲欢喜，勿欢喜就讲‘没’。”允成还不会说“勿欢喜”。

“没。”允成一边回答一边偷笑。

“侬欢喜妈妈吗？欢喜就讲欢喜，勿欢喜就讲‘没’。”

“没。”

“侬欢喜外公吗？欢喜就讲欢喜，勿欢喜就讲‘没’。”

“没。”

“侬欢喜爸爸吗？欢喜就讲欢喜，勿欢喜就讲‘没’。”

“没。”

“侬又存心，对吗？”

家在七楼，每天早晚都由我抱着儿子上上下下。今天早上，抱着允成下楼，感觉他越来越重了，我情不自禁地问：“囡囡，侬欢喜爸爸吗？”

“欢喜。”允成毫不犹豫轻轻地说。说完，把小脑袋靠在我的头上，眼睛专注地看着楼外。楼外，和煦的春光洒了一地。阳光反射到我脸上，把眼睛照得热乎乎的。

在高高的滚轮滑梯上

尽管知道允成已经不怕滑滑梯，但当允成说要爬上二三十米高的滚轮滑梯时，我还是有点意外。

允成很快地爬了上去，我跟在他后面，一起滑下来。滚轮把屁股弄得又麻又痛，不过，允成说还要玩。于是，妻子陪着他继续玩。

从滑滑梯上下来，我对儿子说：“有好多小朋友在划船，我们去看看。”

一个很大的塑料水池，孩子们摇着塑料小船，嘻嘻哈哈。

“想划船吗？”我随口一问。

没有想到，儿子一口答应。不仅我听见了，连工作人员也听见了。不仅听见了，而且没等我做出最后反应，工作人员已经把允成抱上小船了。

我有点担心，因为儿子从来没有玩过这个，而且小船完全要靠自己来控制。

出乎意料，允成坐在晃晃悠悠的小船里，没有紧张。他张望着寻找自己的同学。之所以一口答应，就是因为他看见自己的同学在这里玩。同学的影响力竟然这样大。

在草坪上吃了午饭，儿子又拖着我去玩滑滑梯。

我说："这次我不上去了，你自己去好吗？"

儿子稍作犹豫，答应了，说："那我先找一个朋友一起去。"

他很快就发现了滑滑梯上的同学。于是两个小朋友一起爬上滚轮滑梯。我跟在他们后面。

阳光灿烂，和风拂面。

虽然看不见允成的脸，但我知道他在笑，一边笑一边还在大声地唱："恭喜你，乐悠悠，喜洋洋，没了忧愁。恭喜你，扭一扭，happy 牛 year 你最牛。"听着听着，我忽然感动起来。

有人说允成内向，有人说允成外向。我知道，他是内向的，不过如果有合适的机会，他也会很奔放。

碳酸饮料

我们一直在允成面前将碳酸饮料"妖魔化"。比如，说可乐比咳嗽药水还难吃，颜色看上去像污水。当然，我们自己也极少喝碳酸饮料。

这一天，很热，领着儿子从母亲家出来，路过超市，妻子忍不住，买了一瓶可乐一瓶雪碧。

回到家，拧开瓶盖。“嘶……”儿子好奇地问：“怎么会有声音？”

“因为里面有气啊……”

儿子喝了几口，妻子及时提醒他：“碳酸饮料偶尔喝一次，不能多喝……”关系到身体健康的事，允成向来极为重视。他盖好瓶盖，把瓶子放到冰箱里。

一天晚上，允成打算把剩下的一点雪碧喝光。妻子说：“碳酸饮料多喝不好，会缺钙，人缺钙就是容易骨折……”

允成听着，脸上露出复杂的神情。小嘴噘得老高。不一会儿，他的脸部肌肉竟然“扭曲”起来，对着妻子一边做出射击的姿势一边大喊：“我是汽车战警……”我知道，这是因为他既想喝，又怕缺钙的后果。

“算了，你去喝吧，喝得少没事的。”我安慰他。

“以后不要再买了。”我又对妻子说。

允成悻悻地喝完了雪碧。

过了一小会儿，允成突然说：“爸爸，我口渴了，要喝点牛奶……”

“不是刚喝过雪碧吗？”

突然，妻子大笑起来：“你一定是怕缺钙，所以要喝牛奶补钙吧……哈哈哈……”

我很欣慰

今天是幼儿园的开放日。

早上，我们按要求给儿子穿秋季校服。可是允成对白衬衫不满意，不要穿。我拿出前一天老师发的通知读给他听，让他知道穿校服是幼儿园统一的要求，不可以不穿。他这才很不情愿地穿上。穿着校服的允成很是精神。

我到达时，幼儿园里已经很热闹。家长们有的在教室里拍照，有的在操场上闲聊。一些孩子在哭——要家长陪着自己。一位家长正在一边大声训斥哭闹着的孩子。我走到教室窗前，只见允成正看着周围走来走去的大人小孩，东走走西走走。我躲在角落里观察他，他眼睛“尖”，很快就发现我了。我对着他点点头，他有些惊讶，有些安慰，但很快就像什么也没发生一样。排队时，我听见他开心地招呼着其他同学。

老师们带着孩子们来到操场上，升国旗，唱歌，表演儿歌，允成偶尔探出头来，向我这边张望一下。王老师带领着孩子们围成圈做户外运动。允成很投入地按照老师的要求来做，尽管周围站了很多他不认识的大人，尽管还有不时传来的哭声。不一会儿，大家回教室吃点心。我依旧站在窗外，允成先去洗了手，我看见他把袖子捋得很高。洗完，在靠窗的一张桌子旁坐定，他又看看我，脸上仍旧没有什么表情，很快地吃了饼干喝了牛奶，而且还让阿姨添了一次。

老师带着他们穿过凉棚去观摩教室上课，允成从我身边走过。他没有像其他孩子一样急着跟父母打招呼，他的举动让我有些惊讶——他只是用眼角的余光看了我一眼，然后微微低下头，走了。儿子有这样的自制力，我很开心。不过紧随开心而来的还有一丝稍纵即逝无以言传的伤感。

儿子一进教室，就全神贯注地看着大屏幕，那上面是PPT的界面。课开始了，王老师上得很精彩。用一个故事做载体，带着孩子们做动作、做游戏、欣赏音乐、想象场景、开展人际交往。教学环节之间环环相扣，过渡自然。课堂节奏多样流畅，不露痕迹地寓教于乐，发展孩子各方面的能力。当有孩子遇到问题时，王老师运用教学机智进行化解。孩子们大都被调动起来。我将允成上课的情况拍摄下来。一边拍一边观察，站在一个教师的专业角度去观察，这是我参加这次活动最想做的事情。观察的结果让我很欣慰——这是我第一次观察儿子上课，他对学习活动的投入程度，关注时间，同伴合作的意愿，以及身体的协调性，对音乐节奏的敏感性，都超出了我的预计。真的很欣慰啊！

还有让我欣慰的是，室外活动结束后，老师让孩子们喝水。允成倒完水，没像其他孩子那样立刻就喝，而是慢慢走到自己的物品架前，坐下，喝水。我知道，那是因为平时老师就是这样要求的。虽然今天和平时有些不同，但是他仍然遵守着平时的规定。

我要过几天才能再见到儿子。晚上，拿出相机，一遍又一遍地看着允成的照片和录像，心里满是浓得化不开的爱怜。

结　语

作为教师，每天和小学生在一起，我常自问，我了解他们吗？我曾一度认为自己很了解他们，但当我写下这些成长记录后，我知道，成人要真正走进孩子的世界有多难。于是我不免要追问自己，我的教学目标、方法适合学生吗？他们学得有兴趣吗？他们会遇到怎样的困难？是不是每个孩子在教学中都能得到发展？

所以我要感谢这些成长记录，它们让我改变了思维方式，它们让我走向专业。

2011年6月12日

等着网络来改变

多年前，一位精于计算机技术的同事在一次教师培训中说，网络会改变人的生活。不少人不以为然，我是相信的。通过网络，我结识很多志同道合的同行。通过网络教育写作，我投入到一种特殊的网络教研，我的专业能力得到很大发展。我的教师职业生活确实因网络的出现而改变。而近几年，“无所不能”的网络更是越来越多地进入到日常生活中的角角落落，切切实实地改变着我们。不仅改变着我们，也改变着我们的孩子。

电脑已经成为很多家庭里必备的物件。一些学校还建立了内容丰富、功能强大的校园网。家长、孩子每天需要通过校园网查看作业，了解信息，或者通过网络完成老师布置的探究型作业。报纸上常有关于网络的负面报道，但我们已无法将网络屏蔽在孩子的生活之外。

回想起来，我的孩子接触网络好像很早——是在念托儿所的时候吧。他喜欢看电脑上的汽车网站，喜欢听网站里极其专业的新款汽车介绍，还喜欢看各种汽车性能测试。慢慢的，他的小手能熟练地点击鼠标了。因为浏览网页，他认识了很多汉字和一些英文单词。有一次，我们开车回家。忽然一辆轿车在旁边驶过，儿子说，那是一辆油电混合动力车。我惊讶地问，你怎么知道。儿子回答，我看到车上有个英文单词，是油电混合的意思。我更惊讶了，连忙开车追上去。记下那个英文单词——hybrid，回家查词典，果然是混合的意思。再问儿子是怎么知道的，他说是网上看到的。今年，儿子成了小学生，每天英语口头作业都要通过网络完成。网络与他的关系越来越紧密了。与此同时，我们也逐步加强使用电脑的教育。比如，每天上网不能超过二十分钟，因为看荧屏时间长了，会影响视力。我们避免说电脑如何如何，而是着力说明视力不好的后果。因为以儿子的个性，如果总说不能用电脑，反而会激起他使用电脑的兴趣。经过观察，我发现教育是有效的。儿子还告诉我，一个戴眼镜的同学的镜片是如何布满水汽，造成不便。我的一个朋友是中学语文特级教师，他曾焦虑地告诉我，自己念初中的孩子因为喜欢网络游戏而荒废学业。我的孩子以后会怎样？我不敢说。但我知道，堵是没用的，只能疏导。不能让孩子的业余生活中只有网络。我会在儿子完成作业后鼓动他去玩球、画画。我会经常买回他喜欢的书籍，让他翻阅。我会让他把以前的玩具拿出来，拆拆装装玩玩。所以只要完成了作业，他就会自觉关闭电脑，因为还有更有意思的事情等着他。家长要时时关注孩子在接触网络过程中的细微变化，及时采取措施，防微杜渐。家长更要正确使用网络，为孩子树立榜样。

小时候，我父亲常对我说一句话——泥菩萨念念也会灵验的。我觉得这句话很适合自己的孩子。做父母的，细心些，耐心些，从孩子的特点出发，多用适切的方法，多一些心平气和的平等交流，好好讲道理，让孩子形成正确的观念才是根本。那样，网络就不会是洪水猛兽，相反会成为孩子认识世界，获取知识，提升自己的重要途径。

最后说一句题外话，网络不仅会改变我们和孩子，还会改变中国。这是我热切期待的。

2011 年 11 月 28 日

只是推开一扇窗

帮助青年教师备课时，我常会说，要把课上出新意。新意从何而来？只能靠过硬的文本细读的功夫。除此之外别无他途。再往下问，这过硬的功夫又从何而来？读书，只有大量地读书才行。有人问我，怎么才能让一个成年人喜欢上读书？我只能说，想让一个不爱读书的成年人变得喜欢读书，是一件很难的事情。我也没有什么好办法。读书是一门童子功。读书习惯的培养一定得从小开始，越早越好。

我的阅读生活开始于一套父亲借来的《三国演义》连环画。当时不仅着迷于故事情节，更对那一幅幅线条流畅细腻的画面兴味盎然。这不仅是对我进行文学启蒙，同时也是审美启蒙。

喜欢听故事是孩子的天性，所以把各类文学作品作为启蒙读物是再好不过了。细想起来，除了《三国演义》之外，还有《365 夜》、《中国民间动物故事集》、《中国古代寓言》、《中国古代笑话》等等，都给我的童年带来很多滋养，对我以后的阅读生活以及个人成长产生很重要的影响。

因为自己有文学启蒙的经历，有了儿子之后，我便很关注这个问题。儿子还不满一岁时，有一天我在书店里看到有专给零岁孩子看的儿歌卡片，就买了一套。妻子把它们挂在墙上。每张卡片比手掌略大些，上面画着生活中常见的各种水果、动物、家具、摆设等等，并配有儿歌。卡片颜色艳丽，儿子很喜欢看。妻子每天给他读几首，渐渐的，儿子养成了听儿歌的习惯。我也给他读，一边读一边用教棒指。儿子的眼睛会随着教棒移动，神情很专注。卡片上有的儿歌写得不太好。有些连最起码的合辙押韵都做不到，我一边读一边改。只要我读得有趣、好听，儿子就会很开心。虽然他听不懂儿歌的意思，但孩子对抑扬起伏的语音还是有感觉的，这对他的语感发展有好处。

我们也买些儿歌的唱片放给儿子听，但主要还是由我们自己念。因为对于幼儿而言，听父母在自己身边读，抱着自己读，看着自己读，是和听录音机读完全不同的。

要让孩子具有持续的阅读兴趣，一定要先了解孩子喜欢哪类书，一定要根据孩子的年龄特点引导其感受阅读的快乐。儿子上托儿所时，我发现他喜欢画风写实细腻的绘本。于是我给他买了一套“汤姆小兔”。儿子立刻被吸引住了。故事里的主人公是一只叫汤姆的小兔子。他有许多玩具小车、毛茸茸的玩具小熊，有个小妹妹，这些都和儿子一样。除了画面吸引他之外，主要是汤姆的日常生活和儿子的很相近。

儿子最喜欢《汤姆挨罚》。故事里讲，汤姆到幼儿园去，一会儿抢小朋友的小汽车，一会儿踢倒别人的积木，还发脾气把积木扔在小朋友的脸上。后来经过老师、爸爸的教育，汤姆用实际行动改正了错误。儿子惊喜地发现，在这册书里，汤姆的幼儿园和自己的托儿所很像。室内摆设、窗台上的录音机、铺在地上的塑料垫子都似曾相识。我发现汤姆发火踢倒积木的神情和儿子很像，甚至和同伴争抢小汽车时说的话都相同——“这是我的，这是我的。”难怪，儿子看这册书时，总是一副很认真很理解的样子。有时，还会学着我的样子，复述故事。

就这样，儿子逐渐养成了读书的习惯。当然，孩子的生活中并非只有阅读。丰富的生活才能造就一个丰富的人。在孩子成长的道路上，不同的阶段需要有不一样的生活重心。儿子已经有了阅读的习惯，我希望他能去尝试更多别的事情，培养出更多爱好。

其实，给孩子以文学的启蒙，帮助孩子养成良好的阅读习惯，只是为他们推开一扇窗而已。他们看到窗外的风景，决心自己走出门去，走这条路还是走那条路，家长、教师都不应该干涉。只要你把这扇窗推得好，就不必担心。

现在，儿子念二年级了。近来很少看到他读文学类书籍，他热衷于科普杂志，热衷于阅读和日本有关的信息，甚至跟着原版《机器猫》动画片学习日语。但我不会觉得当初文学启蒙的功夫白费了。怎么会呢！听着儿子绘声绘色地说他所了解的日本，我知道，自己已经为他的精神世界涂上了一层底色。

2012 年 10 月 7 日

读教之余

课评：从“小贩”到“导购员”

“熟悉的陌生人”

十多年前的我，有时间有精力，几乎每天都去教育在线论坛上看帖子发帖子。就这样，结交了不少网友，有的也是教师，有的不是。慢慢的，一些网友不再满足于电脑前的交流，纷纷从虚拟环境走入了彼此的现实世界。我比较懒，不愿多走动，即使在现实生活中，朋友亦不多。有一次，为了编一套给小学生看的文学课本去杭州开会。开会地点在郭初阳的越读馆。会议结束，一起午餐，一位网友赶来相聚，见到我，握手，笑着说：“终于见到你了，熟悉的陌生人。”不知道为什么，我很喜欢这个称呼。现在想起来，初阳之于我也应该算是“熟悉的陌生人”吧。

说熟悉，我与初阳是同龄人，他是一九七三年生人，我一九七二年来到这个世界上，我们的精神成长过程有相同之处，很多核心观念是一样的。说陌生，我与初阳生活在两个城市，只有参加一些活动时才能遇到，日常交流实在很少。如今要写一篇评说他的课堂教学的文章，真不太容易。

说起要给他写评课，那是因为今年四月在哈尔滨，我与他一起参加一个教师阅读活动。那次，初阳上了《动物庄园》的读书课。课前，我看见他手里拿了本《动物庄园》，不时翻阅。里面有不少批注，书页边缘还粘了很多小标签。我也喜欢读书，但因为懒，只是读，从不动笔圈圈画画。所以看着他手中的书，一下子生出许多感慨和佩服。初阳向我推荐了哈尔滨的几处景点，我也想去逛。不过最后还是被他的课堂吸引住了。

资料背后的启蒙力量

了解初阳的课堂是从《项链》一课开始的。那是节高中语文课，虽然不是现场听课，而是读课堂实录，但我仍旧可以感受到课堂上活跃的气氛。学生没有把老师晾在讲台上，用头顶心对着他，默默地听他讲解。学生在郭老师的引领下交流感受，碰撞观点，放弃传统的“虚荣说”，获得了诸多独特的体验。令人惊叹的是，初阳在课堂中动用了几乎所有的文本解读方式：文本细读，分析作者背景资料，出示相关评论，文本结构要素分析，相关的文本互证等等。众多资料构成一股强大的力量，不断推动学生思考。这些资料形式内容虽然不一样，可实际上全都指向了初阳想要在课堂上得到的结果，颇有一种“六经注我”的气魄。在初阳之前，我从未见过这样的高中语文课。坐在这样的课堂中，是对智力以及体力的挑战。后来我发现，为学生解读文本提供大量资料，或从普世价值、文艺欣赏、思维方式的方面开展启蒙，是初阳教学中的一大特色。

因为小学教材中有《珍珠鸟》一课，所以初阳给初一学生上的《珍珠鸟》我是认真读了的。一边读，一边将之与自己的教学比较。我给小学生讲《珍珠鸟》是从语言文字学习入手的。初阳则是定位于启蒙思想。启蒙思想是我所乐见的。但读完课堂实录，面对众多的资料，我忍不住想，初一学生能否在课堂中完全消化它们。另外，对于从《珍珠鸟》一文中解读出“囚禁”的话题，并努力将学生拉到这个终点，是否合适呢?

冯骥才曾撰文谈及“文革”中，有一天他去参加一个公判大会，看到一个人因为写文章而被判无期徒刑。他写道：

> 我回到家，看着妻子，心里忽然涌起一种很悲哀的情感。我设想自己也会像那个写反动文章而被判无期徒刑的人，想到妻子会永远地形同守寡……这不是神经质的想象。灾难的时代充满灾难的可能。于是我把那些纸

块尽量找出来，再将其中最重要的内容浓缩到另外一些薄纸上，废掉纸块，把这些薄纸卷成卷儿，用油纸包好，拔下自行车的车鞍，塞到车管里去。可是，我刚刚感到了一点安全，又开始担心自行车丢掉。尤其那时期单位里经常发动人们互相查找“敌情线索”，我总感觉会有人扑向自行车，从车管掏出那些足以判我死罪的文字。我终于抵抗不住内心的恐惧，悄悄把车管里的纸卷儿弄出来，先将这些文字强记在脑子里，再烧掉，或在厕所里用水冲掉。此后我便改变了写作方式，一旦冲动便写下来，再一遍遍背诵，把它记住，然后将写的东西烧掉，不留下任何痕迹。我就这样一直做到文革的终止。

他还说：

以我的人生经验，每人心中都有一块天地绝对属于他自己的，永不示人；更深的痛苦只能埋藏得更深。可是当这些人淌着泪水向我吐露压在心底的隐私时，我才知道，世上最沉重的还是人的心。但他们守不住痛苦，渴望拆掉心的围栏，他们无法永远沉默，也不会永远沉默。这是为了寻求一种摆脱，一种慰藉，一种发泄，一种报复，更是寻求真正的理解。在那场人间相互戕害而失去了相互信任之后，我为得到这样无戒备无保留的信赖而深感欣慰。

在这些段落中，冯骥才已经很清楚地说明了《珍珠鸟》的创作背景以及“信赖”的由来。所以，我觉得初阳对《珍珠鸟》的解读过度了。我当然赞赏他在课堂中启蒙思想，但如果能换一个材料，或者就从“信赖”拓展出去也许会更合适吧。初阳的这两堂课引发了我的思考——我们在课堂中面对不同年龄层次的学生该如何有效地启蒙？是老师先形成一个观点，然后把学生硬拉过去，还是让学生自己走过去？

如何读《弟子规》

第一次现场听初阳上课是在二零零八年三月。在上海师范大学的礼堂里，他给初一学生上安徒生的童话《老头子做事总不会错》。第二次是在二零一零年十月，在扬州听他上《弟子规》。照旧，两堂课上依然运用了不少课外资料，依然把启蒙当作课堂核心任务。两节课，有褒扬也有争议，谈论者的议论角度也很多样，这自然是非常好的。而我特别关注的是初阳在课堂上是否适当淡出，让学生获得更多的学习时间和空间。

先说《老头子做事总不会错》一课。有一个环节印象颇深：

师：我们最初的印象是老头子非常傻，老太太更傻。他们好像没有遵循商品交换的一般原则，但是我们遵循了什么原则呢？接下来我们要做一件事情，请各位根据文章的内容想一个最为恰当的词语，等一会儿，我要请同学把这个词语写到黑板上来。我们先独立思考两分钟，请你想一个词语，什么原则，可以用来解释他们的行为？不要讨论，独立思考。

好了，请各位看一下投影。我们这儿有A、B、C、D四个字母，分别代表每个小组的四个同学。过一会儿，请A同学上来写你们得出的词语。请C同学来解释“我们为什么概括了这个原则？”“我们为什么使用这个词语？”如果C同学说得不够充分，请B和D同学来加以补充。

好，请各位动用集体的智慧，想出一个最为恰当的词语来解释这个故事，不要让你们小组落后！

故事中的老头子用一匹马换来了一堆烂苹果，而他的老伴竟然很开心。这样的故事带给学生的第一印象就是主人公很傻且不自知。如果就这样把“傻”这个标签贴在这个故事上，那就太辜负作者的一片心意了。文学阅读第一要则是多元。要让学生有机会说出各自独特的感受，教师得有良好的教学组织能力。在上述环节中，初阳先让学生单独思考，再让学生小组合作讨论。这是一记妙招。这样可以避免部分基础好的学生剥夺另一部分学生的话语权。对于小组合作的分工，初阳也精心安排。我还注意到，初阳上公开课前一般都会与学生们先明确发言的规则，以此保证每个孩子都有机会说话。这些小细节看上去不起眼，好像可有可无，实际上反映了执教者的学生观，保障了全体学生都能得到发展的机会。从另一个角度而言，这也是一种民主意识的训练。后来学生在黑板上纷纷写下自己的感受，并合作完成交流任务，可见这个环节设计得很成功。带着学生阅读文学作品，教师要做的其实很简单，第一自己心中有个目的地，第二指一个方向提供几条路径给学生，并告诉学生也可以自己踩出一条小路，然后就与学生边走边聊。至于最后走到了目的地还是没走到，抑或走过了头，都不是最重要的。最重要的是一起走一起体验的过程。初阳的这节课显然已经达到这样的效果。

《弟子规》一课在关注学情，组织讨论方面，又向前跨了一步。他事先让学生预习学习内容，完成习题，然后回收预习单，将学生的作业开发成教学资源。课堂上组织学生联系自己的生活随机地辨析《弟子规》中的一些说法。比如“亲有疾，药先尝”等等。听课中，我忽然想起周作人的一句话——伦理之自然化。初阳通过引导学生讲述辨析，将现代公民意识传递给他们，使其学会用现代意识去阅读古代文本，了解古人，做个现代人，而不是一味简单地背诵。

现场听到的这两节课让我感受到初阳的课堂教学的转变，他说得少了，也不急于把自己的观点直接抛出来，他的课堂环节设计愈发简洁深刻，学生在课堂中有了更多的学习经历。那段时间，初阳写过一段有趣的话，他把自己比作一个小贩，很能反映他对课堂教学新的思考——

> 这个货品不多、存量有限的游方小贩，摇着拨浪鼓要顾客们排队等候那唯一的一块麦芽糖，叮叮当当地敲，感觉好得不得了，以为这是全世界最好吃的东西……时代一变，转眼他就失业了！于是这个失业小贩，开了一家微型超市——自由挑选吧！

令人激动的《动物庄园》

兜了一大圈，回到最初的话题，说说初阳的《动物庄园》一课。整堂课大致分成如下环节：

> 一、了解作者情况、出版信息、版本变迁，以及作品中的主要人物和目录。

二、讨论：读到这个地方，我吃了一惊？

三、了解书中的“七戒”，讨论“七戒”被修改的过程。

四、观看电影片段，分享对主人公的感受。

五、小组合作讨论：如果你生活在动物庄园里，你会怎么办？

前面提及的几堂课的主体教材都是单篇文本，而这节课用的是一本书。或许是因为书籍本身已经具备很丰富的资源，初阳在课中没有像以往一样提供很多课外资料。于是课堂上学生们将注意力集中到了教师提供的几个议题上。

第一个环节，初阳带着学生一起回顾整本书的大致内容。其中利用插图帮助学生熟悉书中人物，很形象，也很有效。《动物庄园》是一部政治寓言小说，给初一的孩子讲，讲到什么程度，如何切入，是要花心思的。初阳安排的第二个环节实在高明。如此特别的一部作品，学生以前肯定没有接触过，要找出吃惊的地方，自然不是难事。请看一段实录：

生：老少校死后动物们的反应让我觉得吃惊。我以为其他动物没有能力反抗了，信念都没了。可是没想到，大家还在坚持。我发现，做事情信念很重要。

师：开国元勋一般死得比较早。

生：猪会读书很奇怪，还会读拼音课本，令我很吃惊。

师：对于读书识字，动物都不太在行，这也是事态发展到后期动物出现分化的一个原因。

生：我觉得动物都有思想，很古怪。

师：我们以为动物只是动物，没想到这里动物有思想，所以我们很吃惊。

生：在113页写着："四条腿好，两条腿更好。"可原本戒律上写的是两条腿的是敌人。这令我吃惊。

师：这个同学说出很重要的一点。戒律重要，却随意地被修改，这真是令人吃惊。

初阳先让孩子们同桌合作讨论，然后又给出不少时间听学生的交流。交流的过程就是孩子们对作品主要内容再次熟悉的过程，特别是初阳看似随意的点评，实际上是在将作品线索暗示给学生，为后面的教学做铺垫。由于给学生比较充分的时间讨论，最后一个孩子说到戒律。于是初阳接过话题展开下一个环节。说到铺垫，其实对修改戒律的讨论，看电影片段加深对主人公的了解都是很好的铺垫。有了铺垫，学生的思考和情绪基本到位，所以当初阳让学生小组合作，研究如果自己就生活在动物庄园里该怎么办时，孩子们的方案很自然地一个一个喷涌而出。回过头来，再看看这堂课中的几个环节，看似随意，实际上暗含了一条线索，逻辑相当清晰。从复习内容到讨论戒律的修改，从七条戒律最后变成了一条——“所有动物都是平等的，但有些动物比其他动物更平等。”的讨论，到学生先读出“除了猪之外，农场里其他所有的动物都是平等的，但猪比其他动物更高一等。”再到因为初阳的追问而读出“用一个口号来假装，来欺骗。”教学过程一点一点向前推进，帮助孩子们读懂奥威尔，初步了解动物庄园的本质。随后，初阳再用一段视频让学生获得更感性的认识，最终让学生将自己与作品联系起来，使阅读过程获得升华。教师能提炼出这样的脉络，源于他对作品的深刻理解以及对学生学情的准确把握。

可是，初阳没有止步于此。当每个小组的代表在黑板上写出一个一个“团结”、“反抗”时，初阳又一次不失时机地问学生，我们应该如何对待“拿破仑”？孩子们都说，要改变他，让他变好。没有人说要杀死“拿破仑”。孩子们还小，当然不懂得只有制度才能阻止独裁者再次出现的道理。初阳自然是知道的，但是，他没有告诉学生。在这节课中，我激动了两次，出了两次汗。一次是学生读懂戒律的变化，另一次是学生们写出“反抗”。不过印象更深的是在激动之后，我感受到了人性的温暖，感受好的教学的余味。

初阳上完课，便匆匆赶往机场。而我还激动着。因为我感受到初阳课堂的又一次变化，如何启蒙的问题被他自己解决了。他把教师指导与学生自主学习的关系处理得非常好。

目 送

初阳，这个“超市的老板”，凭着勤奋真的将原来的“微型超市”“开得跟马科瓦尔多所爱的那家超级市场一样大”了。这家超级市场里不再设置收银员，却开发了一套功能强大的货物比较平台，便于顾客了解货品的特点价格。初阳脱掉了老板的西装，换上了导购员的工作服。当顾客流连于琳琅满目的货架前时，当顾客操作货物比较平台时，他总能及时上前，妥帖地说几句可心的话，然后悄悄离开，让顾客们慢慢走慢慢选，自己结账。初阳则在一边笑眯眯地目送顾客们满载而归。

2014 年 6 月 20 日

讲演：职初教师必备的三种“武器”

讲演时间：2011 年 10 月 13 日

讲演地点：上海师范大学

听众：上海师范大学三年级学生

各位同学，很高兴能与大家分享当小学教师的一些心得。我做小学教师已经二十年，一直教语文。不过，今天我们不谈语文教学。我想与大家谈谈一个师范毕业生走出大学校门，走进小学，当“孩子王”，必备的一些条件。

教师是一种职业。所有职业都有自己的职业道德、职业意识、职业规范、职业技能等等。当我们每天走进小学校园，与学生相处，开展教育教学工作时，你的身份就从一个社会人变成了职业人。校园就是你的职场。在校园里，你对学生说什么，做什么都应该符合教师职业的规范。不可以“乱说乱动”。（众笑）过去我们经常听到一种说法——这位老师像妈妈一样关心学生。乍一听好像很好，不过诸位仔细想一想，如果教师等同于妈妈，会不会有问题？我觉得是有问题的。妈妈爱孩子，那是天性，那是亲情。老师爱学生，那是职业规范所要求的。两种爱是不同的。妈妈爱孩子不需要专业背景的。教师爱学生却需要专业背景。教师对学生的爱需要建立在心理学、教育学以及学习论的基础上。举个例子，有的时候我们去一些高档的餐馆吃饭，我们会发现，服务员的举止都是很规范的，为你收拾碗筷，为你铺餐巾，为你上菜都有固定的程式。这就是职业化的服务。你如果去路边的小食摊是享受不到这样的服务的。有一次，我去一个小面馆吃面。服务员给我端面时竟然把大拇指浸在面汤里。此时，你最多就是让对方换一碗。一碗面几块钱，你很难要求对方提供高端的服务。在不同档次的饭店里吃饭，感受到不同的服务，可以理解可以接受。但是在教育教学活动中，却不能这样去看，不管是农村小学还是城区里的小学，教师都应该提供良好的专业服务。一碗面弄脏了可以换，但教师在工作中的一次失误却可能无法弥补。所以，诸位在走上教师岗位之后，一定要经常提醒自己，走进教室，首先你是一个教师，其次才是某个学科的执教者。

说了这么多，无非想告诉大家，今后要努力做一个职业化的教师，为学生提供专业服务。如何才能达到这个要求？下面我们进入正题。

请大家看，这（见下页图）是什么？（一位听众说，是萝卜干。）

是的，是萝卜干。踏上教师岗位，诸位需要的第一种“武器”就是要有吃三年“萝卜干饭”的心理准备。“萝卜干饭”是上海方言，意思是，初学手艺时要安心扎实地学习基本功。大家一定听过这样的话——不要当教书匠。这话仔细琢磨一下，也有问题。我们把具备某种职业技能的人称为“匠人”。能做木工的，叫木匠。能做泥水工的，叫泥水匠等等。要从一个学徒成为合格的木匠，不容易的，没有数年的辛苦学习做不到的。同样，一个新教师进入小学，要学习备课，学习有效地组织教学，学习辅导学生，学习与家长沟通等等。学会了，才能称为教书匠，是会教书的人。在此基础上再努力，逐步形成自己的教学特色，甚至让自己的教学变成艺术。不过我要告诉大家，在教师这个行当里，能成为一个好的教书匠已经很难得了。（众笑）这个学习过程需要多久？因人而异，悟性高的年轻人，师傅说一遍自己实践一遍，就懂了，甚至还能自己小结经验。悟性不高的，可能就要承受多一点挫折。所以我说，要有心理准备。比如，我们刚入行时也遇到过调控班级纪律的问题，我的师傅告诉我，当孩子们在教室里吵闹的时候，不要大声训斥。因为训好之后会有效果，但不会持久。下次孩子们可能会用更大的音量吵闹。你走进教室，先不用说话，环视一下教室，轻轻说第一组的孩子已经做好上课准备了。其他孩子听了，一定会安静下来。用表扬的力量来引导孩子更有效。这就是经验。学着做，果然见效。当然，这个方法如果一直用，也会有失效的时候，因为孩子在成长过程中会有诸多反复。今天犯了错，谈话，道理讲清楚了。过几天又会犯同样的错。这是常事。此时，聪明的老师就会琢磨，根据学生的特点调整方法。不太聪明的老师就又一次陷入困惑。我就属于不聪明的，所以对此感受特别深。（众笑）不过，我相信只要勤学苦练，总会有提高的。当你能把刚才那些不起眼的萝卜干做成很不错的菜肴（出示图片），就说明你的“萝卜干饭”吃好了。

第二种“武器”是磨练好教育教学基本功。基本功是哪

些？刚才已经提到一些，归结起来是以下几项：第一，要好好练字。粉笔字和钢笔字都要写得漂亮。我们当年在师范学校里念书时，是非常重视粉笔字的，学校还设有粉笔字考核。因为我们面对的是小学生，不管教什么学科，都要把板书写漂亮。这样不仅能让学生看得清楚，也能对学生产生潜移默化的影响，让他们养成认真写字做事的好习惯。如果你还能写一手漂亮的毛笔字那就更好了。第二，要学会组织管理。对于有些同学而言，他们天生具备这种能力，所以一走上教师岗位，各项工作就顺利开展。我把这样的同学称为“天生做老师的料”。（众笑）而有些同学天生不具备组织管理能力，学生纪律不好，就手足无措，不知道该怎么办。教一个班乱一个班。这样的同学在还没有毕业时最好读一点管理方面的书籍。当了教师之后，一定要多向带教老师请教。因为你面对的是几十个学生，所以任何一件小事，都会涉及组织管理。比如中午看管学生用餐。如何组织学生有序地领取餐盒，如何让孩子们安静地用餐，如何让孩子们避免打翻餐盒和汤碗，这些都要设计好步骤，一步一步教会学生才行。一开始会失败，但只要多尝试几次，不断总结教训，总会成功的。第三，要学习如何上课。诸位在大学里一定研读过不少名师的教案，观摩过一些优秀教师的课堂教学，教育教学理论也没少学。不过，学习与自己实践终究还是有很大区别的。大家当了老师，第一件事就是备课。你会得到教参或者学校提供的优秀教案。但建议大家还是要自己动脑动笔。学习别人的教案时要思考别人为什么这样设计，要达到什么目标，哪些做法可供自己借鉴。这样，就能比较快地掌握学科教学的一般流程以及教学规律。另外，建议大家养成定期给自己的课录音或者录像的习惯。我是有这个习惯的。看自己的上课录像，常常会有触目惊心的感觉，一边看一边会冒冷汗（众笑）——我上课的时候怎么会这样傻？（众笑）怎么会这样啰唆？所以有时看自己的教学录像，听自己的教学录音所发现的问题远多于别人给你指出的。第四，要养成课后写反思的习惯。一节课上完，自己感觉很好，或者感觉很差，或者上出了疑惑等等，都是值得及时记录下来的。描写教学场景，记录自己的感受，最好还要有点思考。每次写的时候，都可以将之前写的翻出来再看看，促使自己的思考更为系统。感触多就多写一点，感触少一两句话也可以，总之要养成习惯。我知道有的同学是不太喜欢写东西的。可是做小学教师，写东西是职业行为，不写不行。如果不会写，就更要多写多练。平时点点滴滴的记录是一笔丰厚的财富，写得多了，你就不会怕动笔，还会自觉地总结、提炼，你的专业能力就提升了。

第三种“武器”是学会看到学生的“闪光点”。我刚做教师时，我父亲经常对我说“没有教不好的学生，只有教不好的老师”。他做过技校教师，我想这应该是他的经验之谈。

这句话很多人都说过，不过大家也知道，这句话一直饱受争议。在我看来，很多人其实根本不理解这句话。“没有教不好的学生”是指，每个学生都可以在原来的基础上获得提高。并不是说要让每个孩子都考到一百分。教育不是万能的，学校教育更不是万能的。有的孩子教一遍就学会了，有的孩子就要教五遍，还有极少数的孩子教十遍也不一定会。这就是学生间的差异。面对差异，我们要分析研究，尽可能让自己的教学、课后辅导符合不同层次孩子的需求。所以我们提倡分层教学，分层布置作业等等。这对教师的要求很高，但值得去钻研去实践。特别是面对班里那些学习情况不理想的孩子，更要花心思想办法。因为这样的孩子在家里往往得不到家长的有效辅导，全靠着老师。教师花了心血，总希望看到好的成效，如果看不到（“看不到”是常有的现象，因为教育教学是很复杂的活动），心里难免会有怨气，可是大家一定要记住，怨气越是多，就越找不到办法解决问题。所以在工作中，大家一定要学会多找找学生的“闪光点”，不断地告诉自己，学生是可爱的。学习成绩只是评价学生一个方面的指标。多看学生某一方面的长处，就能想出更好的办法帮助他们解决短处。要相信孩子会进步。多一些鼓励，多一些指导，少一些批评。有时因为各种原因，你暂时看不到孩子的进步，也没有关系，小学教师的眼光要放得长远些，一个学生在小学里学习成绩不出色，并不等于永远不出色。我的第一届学生中有个孩子在小学时成绩中等偏下，可后来成了博士。那个班只出了两个博士。总之，多发现别人的优点，会让自己积极乐观，这个道理不仅适用于师生之间，成人之间不也是如此吗？

时间关系，今天只能给大家讲这些。我热切期盼与大家在不久的将来成为同行。当一个小学教师是辛苦的，但同时也是幸福的，因为你投入了，你就可以和孩子们一起成长，不停成长。

谢谢大家。

讲演：有效的校本研修如同一池活水

讲演时间：2014 年 3 月 18 日

讲演地点：华东师范大学

听众：全国小学骨干教师培训班学员

各位老师，大家好，很高兴有机会与诸位交流校本研修的话题。“校本研修”这个词，大家想必已经耳熟能详。校本研修与过去的教研活动有什么区别？有的老师或许会认为这只是文字上的区别，以前搞教研活动要听课评课，现在搞校本研修也是听课评课。其实不然。就拿定计划来说，过去我们制订一个学期的教研活动计划通常是先有了上级教研部门的计划，学校计划，教导处计划，然后依据它们来写教研组计划。校本研修的计划就不是按照这个流程来做了——新学期开始前，教研组长要依据组员情况、教材情况组织大家交流，了解大家在教学中可能遇到的问题和困难，然后从中挑选出带普遍性的问题，作为研修主题，设计研修过程。“上面”的计划，只是一个参考而已。如果说原来的教研活动的管理是外控型的，由上而下的，那么校本研修就是内控型的，由下而上的。

让我们再来重温几个重要概念。第一，校本研修的原则是“在学校”、“基于学校”、“为了学校”。第二，校本研修的关键是教学行动及其改进。第三，校本研修的最终目标是师生发展，提高质量。我和大家一样，也是个一线教师，条条杠杠的理论不多讲，也不大会讲，多说一点事例吧。

小李是一名已有两年教龄的年轻教师。一次她接受了一项开课任务。定下内容后开始独立准备。她先找来一些名师上该内容的教案，将其有特色的地方一一归纳出来。接着写出了第一份教案。但是，试教后效果不好。听课的老师认为问题出在小李备课时没有考虑到学生的特点，生搬别人的设计。

各位老师，听到这里，我有两个思考题给大家。（众小声议论）大家不必紧张，我不请大家站起来回答，大家只要想一想就行。第一题，除了案例中提到的原因，你还能看出其他问题吗？第二题，如果你与小李在同一个教研组，或者你就是组长，你会给她什么建议？

让我们继续——

大家给小李提出改进建议，让名师的设计“本土化”。小李听取意见后写出第二份教案。试教后，觉得比第一次顺了很多。组内同事继续帮助小李完善。多次试教后，大家发现有一个环节小李总上得不太好。于是，组里的一位骨干教师上了一遍给小李看。在大家的努力下，小李圆满完成开课任务。自己觉得得到了锻炼，组内皆大欢喜。

这样的案例是不是在我们日常工作中经常遇到？接下来我又有两个问题：第一，读了这个案例的第二部分，你有什么感受？第二，如果这次开课任务落在你的教研组里，而你又是教研组长，你会怎么做？（等待片刻，无人回答）

我与大家分享一下我的想法吧。我觉得小李的问题在于从接受任务起，到完成任务，始终没有弄清应该用怎样的程序来准备一堂课。备课时应该先确定教什么，这是最主要的。教什么是目标，是出发点。怎么教应该围绕教什么来思考。从案例中我们发现小李一开始就在怎么教里打转。教什么从哪里来？从课程标准、教材、学生、教师四个方面中来。怎么教从哪里来？从学生、课程标准、教材、教师四个方面中来。大家发现吗？这四个方面在排列顺序上是不一样的。这可不是随意摆放的。教什么，就是确定教学目标教学内容，首先要依据课程标准。怎么教，就是教学方法的选择，首先依据的是学生。小李是个年轻教师，对这些不了解，很正常。但教研组内没有老师提醒他，没有通过公开课前有效的校本研修从根本上帮助他，就不太正常了。现在很多青年人来当小学教师，让他们尽快地了解小学教育教学工作的基本规范，掌握组织教育教学活动的基本能力，不仅是带教师傅的责任，也是整个教研组的责任。教研组要发挥作用，主要途径就是有效的校本研修活动。

再看一个案例——

某校三年级语文教研组学期初制订了一个读写整合的课题。临近期末，学校组织了一次课题汇报会，也是一次公开教研活动，全校语文教师都参加。活动的第一个环节是课题组内一位年轻教师上一堂关于读写整合的公开课。第二个环节是执教者介绍自己的教学思路。第三个环节是评课，但没有人愿意发言。主持人（课题组长兼教研组长）只好一一点名。接着教师们针对执教者的备课过程、工作态度、教学设计中的优点等方面进行点评。其间，校内一位特级教师在领导的催促下说，这次活动很有意义，这个课题很值得研究，自己是来学习的。最后，参加活动的校领导发言，指出了课堂中某个环节的不足。活动就此结束。

请大家讨论：对于这次活动，你发现问题了吗？有什么建议？（大家互动交流）

这是我亲身经历的一件事。校领导发言之后，邀请我对整个活动做点评。我说，既然受邀参加活动，就不能说假话。我说几句可能会得罪人的真话。第一，这次活动是不成功的。与会的老师，有的不是课题组成员，在活动之后他们对课题研究情况了解了多少？课题组成员们对今后的研究有了哪些新思考？恐怕都没有吧。上公开课的老师，能说说这堂课与课题有哪些关联吗？主持人能否说说，为什么大家一开始不愿意发言吗？第二，这类活动应该如何组织？如果我是课题组长，我会事先印好公开课的教案教材，以及课题研究情况说明。在教案中要着重标示出体现课题研究成果的环节，让与会的非课题组成员对课题有所了解，也便于他们参与评课。我会提前邀请几位课题组核心成员做专题发言。在大家自由发言的时候，我会给出发言的角度，引导大家围绕课题从不同视角来谈，避免面面俱到泛泛而谈。这是最基本的几条，如果连这些都做不到，教研活动怎么会有效？

事后，我还对他们学校的领导提出建议，那位特级教师不仅不参与课题研究，而且在交流讨论的时候说那些不痛不痒的话，说明语文组内可能还存在人事纠葛，要了解一下。（众笑）

说完这个案例，我想有必要梳理反思一下传统的教研活动的不足之处。

第一，教研内容与教学实际需要不相符。由于传统的教研活动内容依据“上面”的要求来确定，往往会与一线教师的实际需求不相吻合。

第二，缺少真正的交流，深入的交流。因为无法满足教师实际需求，教师参与教研活动的积极性自然受到影响，交流也就流于形式。

第三，教研成果散碎不利于教师将其内化。传统教研活动的形式主要是听课评课，而且不是主题式的听课评课，因此形成的成果大多散碎。不利于教师发现提炼，并用在自己的课堂教学中。

第四，无法促进教研组向学习共同体的转变。传统的教研活动中也有学习部分，同样因为不是主题式的，所以做不到系统学习，经常性学习，从而使学习更像听课评课之余的点缀。

老师们听到这里可能会说，把教研活动改名为校本研修，上述问题就可以解决了吗？是的。因为那不是简单的改个名字，而是改变了思维方式，改变了工作策略与方法。有效的校本研修应该如何来组织呢？我从自己的实践中归纳了四个步骤：

第一，确定主题。一定要从教师的需求中提炼活动内容。一定要做主题式的校本研修。比如，你们组确定了一个主题。第一次活动可以搜集分享别人的相关研究成果。第二次活动可以请一位老师上研究课，并围绕研究主题设计专题听课表，课后进行专题评课。第三次活动可以再请一位教师上改进课。第四次活动进行小结。这是我最常用的操作流程。当然根据具体情况，这个流程也可以变化，活动次数也不是一定要四次。

第二，前期准备。每一次校本研修活动都应该有周密的准备。如果是听课，事先要设计好专题听课表。哪些老师观察学生学习情况，哪些老师观察教师的教学情况，哪些老师统计学生发言的情况等等，都应该有明确的分工。如果是要交流，那么事先应该准备好讨论记录表，便于大家按主题交流。

第三，在实施中进行管理。每一次的校本研修时间都不会太长，所以教研组长必须在活动过程中做好管理。每个环节大致要花多少时间，如何组织发言才能让交流更深入，当讨论出现偏差时如何扭转等等，都需要细心关注，不然会影响校本研修的效率。

第四，活动后进行反馈。每隔一段时间，教研组长要设计教研反馈表，让组内教师无记名填写，收集教师对教研活动的建议，以便改进。意见征询能让每个组员愈加意识到，校本研修不是教研组长一个人的事，而是全组同仁共同的事情。反过来，教研组长也必须明了，每次校本研修不能事无巨细，自己一人包办，要让大家依据自己的业务水平认领适合自己的工作，分工明确，团结协作。一个人也不能少。

要让校本研修更有效，还有几条辅助措施。

第一，教师专业成长有规划。学校应该组织教师撰写教师专业发展规划。不必长篇大论，只要将几年中自己想要达到的目标化解成每个学期要做的几件事即可。比如：读书、上课、听课、撰写教学反思、外出学习等，这类看得见摸得着的事情，便于教师对规划达成度进行自我管理。

第二，主题式的校本研修不仅要钻研教学细节，也要关注学科前沿的研究成果。这样就能让教师从更前瞻的视角看待教学研究，使教学改进更为有效。

第三，要构建跨学科跨年级的校本研修形态。让每位教师都有机会了解其他学科在做些什么，怎么做的，有哪些经验可以分享借鉴。由此促进教师大课程意识的形成。

第四，有条件的话要建立专家指导委员会。有的专家适合带教骨干教师学科带头人，有的专家善于从面上把握教学质量，有的专家善于做课题研究。对此，学校要了然于心，要创造不同的平台，让专家们在不同的指导领域发挥出最好的作用。

各位老师，有效的校本研修就像一池活水，而教师就是池中之鱼。每一次的校本研修活动都要精心设计，为每一条“鱼”提供充足的饵料和氧气，不要让事务工作的布置占据宝贵的研修时间。要强化研究的气氛，逐步形成良好的教研文化。教师得到了发展，学生自然就成长得更好。

时间关系，今天只能讲到这里，欢迎批评指正。谢谢大家。

访谈：重要的是回顾自省自己的成长过程

几年前的一个春日，收到朱煜（恕堂）老师寄来的《允成成长录》，小册子精致可爱，置于掌心，见证其子允成美好的成长，一室皆春气矣。

《允成成长录》原本发表在恕堂兄的博客“六鱼居”里，印成后，捧书重品，淡雅文字历历如昨。自书中，我看到允成的成长，竟也看到自己。我也是这样一天一天过来的，很难说，此过程中恕堂兄没有带给我“成长”，甚至到今天，我也做了“父亲”——父亲到底是个什么概念，我真已了然？怕是未必。常常喟叹，在一个充满敌意和不公，贫富和教育资源悬殊的社会，做父亲尤其需要勇气，“一个生命要成长起来真是不容易。一路上要经受多少艰难啊。”“人比芦苇更脆弱”，成长过程中的酸甜苦辣，冷暖自知，能够道出的又岂有百分之一？于是，再读成长录，一段光阴，两份成长，几番思绪，别是滋味在心头。

我们今天怎样做父亲，鲁迅先生提出“自己背着因袭的重担，肩住了黑暗的闸门，放他们到宽阔光明的地方去；此后幸福的度日，合理的做人。”读着成长录，此语时时浮现，对允成的未来，恕堂兄早已下定决心，将给允成一个幸福的起点，他大概早已看到多年以后的允成——一个“兴趣广泛的人，生活充满情趣”的人。这是恕堂兄的美好愿望，也是我这位热心读者的真诚期盼。

冷玉斌

冷玉斌：朱老师好，咱们就从孩子谈起吧，我知道您给孩子取名就费了一番心思。

朱　煜：好的。儿子叫朱允成，我还给他起了个字叫子展。这个名字出自《诗经》里的一句话：“允矣君子，展矣大成”，意思是说，做事公允的人可以成为君子，讲究诚信的人可以取得大的成就。

冷玉斌：噢，还有字？

朱　煜：对的，古人自称用名，称呼别人用字，在过去，指名道姓是不礼貌的。比如先父，亲友都用他的字称呼他，在亲友中我从没听到过别人直呼其名。一会儿名一会儿字好像有些繁琐，其实这是人际交往的文化。类似的文化看似琐细，却是文明程度的标志。

冷玉斌：现在不太有家长会给孩子再起“字”了。

朱　煜：是啊，很遗憾。我们用短短几十年时间把传统文化中的精粹都抛弃了。

冷玉斌：到今年九月，允成也要读小学了？

朱　煜：允成今年六岁，九月份读一年级。我三十四岁才要孩子，要得太晚，以前不懂，现在感觉到了，养育孩子要考验智力，更需要体力。如果家里没有长辈帮忙的话，那就尽量早一点要孩子。

冷玉斌：我到现在还记得最初在您博客上追看允成成长录，很开心，也得了很多启发，当时怎么想起做这件事？

朱　煜：我有写日记的习惯，内人怀孕时，我鼓励她写怀孕日记，但因为身体的缘故写得不多。儿子出生后，我决定为他写成长日记。我自己一向喜爱知堂文字，知堂老人对回忆录有一见解，说“记述下来无不有参考的价值”，所以动念。成长录结集成书后，我在“编后记”里写道，“目的有二，一是为儿子的成长留下一点痕迹；二是等儿子识字后给他做第一本启蒙读物，好让他从小懂得生命成长的不易，亲情的珍贵，生活的多彩。”

冷玉斌：好像佩索阿说，“写下就是永恒”，后来更是结集了。

朱　煜：嗯，当时想法也单纯，一方面为孩子留下成长的记录；另一方面让孩子长大后知道一个人成长的不易，父母的辛劳，当然还有养育过程中的乐趣和幸福。在他两岁时，我已写了一百一十一篇，就整理成书，取名《允成成长录》，自己找个印刷厂，印了二十本，当作给儿子的生日礼物，分送给一些亲人朋友。儿子四岁时，写到二百二十二篇，整理成《允成成长录二集》。今年，允成六岁，写到三百三十三篇了，《允成成长录三集》即将付印。原来打算，我就写到这里，之后的成长日记由儿子自己写。没想到一些朋友反对，说父亲写和孩子自己写角度不同，建议我继续写下去，想想也对，所以，《允成成长录》还在写。

冷玉斌：您刚才提到要把成长录当作孩子的启蒙读物？

朱　煜：没错，我在写成长录时，对文体、材料、叙述方式等都花了些心思，希望他今后读时，不仅了解那些故事，也能感受到不同文体的趣味。我写过、编过一些书，但这几本没有正式出版的《允成成长录》是我最重要的作品。

冷玉斌：我从博客上看到不少朋友都喜欢您写的成长录，这真是很好的事情。

朱　煜：是的，可能大家能从中看到一个小朋友的成长，对此都感兴趣吧。最出乎意料的是，当允成的幼儿园老师无意中看到这些成长日记，竟也为允成写起日记来。我写家里的，她写幼儿园里的。她写得很专业，有些日记竟长达数千字。这样的家校互动，给我留下了美好的记忆。遗憾的是，这样的合作只持续了一年多，后来因为工作调动，她无法再写了。

冷玉斌：现在为孩子写成长日记的家长也不少，但像您这样坚持多年，而且有明确的写作意图的，怕是不多。

朱　煜：我这个人有个优点——很容易把某种行为变成习惯。比如写日记，经常写经常写，就成了习惯，现在如果不写的话，总会觉得有什么事情没做完。这是坚持至今的原因之一。第二个原因是成长日记记录了允成的成长轨迹，同时也是我的成长轨迹。父母养育孩子的过程也是父母生命成长的过程，这是我一贯的想法。

冷玉斌：确实，父母亲也要不断学习，与孩子共同成长。

朱　煜：我曾经写过这样一篇日记：

斗　篷

今天，气温骤降。这更让我确信暂时不送允成去托儿所是正确的决定。如果去了，儿子肯定要哭闹。又哭又怕，加上天气冷，吃不好饭，睡不好觉，后果完全可以想见。

母亲一早把儿子接走了。中午打电话过去，只听见儿子在床上大叫。母亲说他就想玩，不肯睡午觉。

天，说冷就冷。吃过晚饭，我从橱里拿出一件斗篷，准备给允成在回来的路上盖。

这件斗篷是我小时候用过的，保存得很好。母亲说，当年为了节省几分车钱，她就用这件斗篷包着我，先走几站路再乘车。刮风下雨，都是如此。

允成对这件斗篷很不熟悉，坚决不许我们把它盖在他身上。路上风很大，把星星、月亮都吹走了。我只好把允成从推车里抱出来，包上斗篷，往家赶。

渐渐的，允成也感觉到了风的威力。他乖乖地趴在我肩上，一动不动。不一会儿，我的背上渗出汗来。望着沉沉的夜空，我忽然想，人生不就是一个轮回吗？

当时，我真的很感慨，也很感伤。人生苦短，今生今世能成为父子母女是一种缘分。我们要惜福惜缘，真心付出，一起走好这段共同的人生旅程。有朝一日，生命完结，那就是缘分尽了。我们也不必大恸小泣，平静地挥手作别即可。一个生命逝去，自会有另一个生命开始。后来我读到龙应台的《目送》，发现她也有这个意思，引起我强烈的共鸣。这样的体悟在没有孩子时，是不会有的。类似的感触还有很多。所以我很反对一些家长逼着孩子去完成他们不能完成的事情。因为到了“逼”这个程度，一定是孩子苦家长也苦。何苦来哉！以我为例，家父三十岁时有了我，六十岁去世。我们真正相处在一起的绝对时间，我算算，大概也就十年。即便是那些长寿父子，真要算算，在一起的时间也不会长到哪里去。所以，千万不要自讨“苦”吃，要珍惜啊。

冷玉斌：这样的体悟，只一听，便也很是动人。

朱　煜：一个孩子的成长包含着身体、品行、知识、技能等很多方面，成年人也应该不断成长，只是没有这么多方面，主要是想明白一些人生的道理。西哲说，儿童是成人之师。并不是儿童手把手地教成人，而是成年人在与儿童的交往中去细心体会琢磨那些为人处世之道。

冷玉斌：刚才提到父母也要不断学习，现在很多年轻父母都很努力地通过各种途径学做父母，您是如何学习的？

朱　煜：学做家长的途径很多，自己的父母，书本，专家等等。但最重要的是回顾自省自己的成长过程，否则，读再多的书，向再多的人请教，都不会得到最好的效果。

冷玉斌：能不能举个例子来说说？

朱　煜：嗯，比如说吧，我们常可以看到这样一种现象：有些家长喜欢把自己没有实现的愿望寄托在孩子的身上。比如家长当初想学音乐，因为各种原因没有学成，于是就千方百计让自己的孩子去学音乐，丝毫不考虑孩子是否愿意。特别是当孩子没有相关方面的天赋，学得很苦，不想学的时候，有些家长还会恶语相加甚至体罚，这就太不应该了！家长自己都不能掌握的技能，就不要强逼孩子一定要如何如何。比如，我和内人都不善于和陌生人打交道。有一次，允成参加幼儿园组织的春游活动，我们一起参加，有些家长一会儿就彼此热络起来，我们就做不到，所以我们很佩服那些具备“自来熟”能力的人。允成也有些内向，我们曾想从小培养他和陌生人有效沟通的能力，可是尝试几次，效果不好。扪心自问，我们自己能变成“自来熟”吗？我们有这方面的基因遗传给儿子吗？答案是否定的，于是我们放弃了。

冷玉斌：您这也是一种“理性的”教养，孩子也就会少很多压力？

朱　煜：可以这么说。以后我不会给孩子很多不必要的压力，只要他生活得愉快就好。

冷玉斌：这会不会是一种西方式的自由散养？

朱　煜：不完全是。我会吸取西方教育中平等、民主的理念。但我会更多地采用中国传统家庭教育里的好方法。我养育的是一个中国孩子，他应该首先具备中国人的思维方式、行为方式、道德操守、生活情趣。

冷玉斌：听了刚才这番话，我倒是想到“生命教育”，它的开展就是要联系教育者的生命体验。

朱　煜：对的，经常回顾分析自己成长的过程，自己的童年，什么时候高兴，什么时候难受，原因是什么，然后就能慢慢形成一种潜意识，一旦遇到相似的情境，你就会自觉对照，将心比心，推己及人，采取正确的做法。特别是在与孩子的意愿发生冲突的时候。

我们都知道，走进孩子的心灵有多重要，但成年人要真正了解孩子，不是容易的事。此时，回想一下自己幼时的经历，特别是那些自己做的“傻事”、“不可思议的事”，一定能帮助我们找到更多的养育之道。

冷玉斌：再过一阵，允成就要上学了，就算您不给孩子压力，上了学，他可能还是会感受到某些压力吧。

朱　煜：对，这个是孩子成长中不可避免的问题。目前，孩子的压力不仅来自于父母，更多是来自这样一个焦躁、功利的大环境。中国的孩子特别是大城市里的孩子是很可怜的。我算了算，他们真正无忧无虑的时间只有六年。上了学，就开始痛苦了，所以我刚才所讲的话中的意思是我会尽力帮助孩子减轻压力，比如帮助他养成良好的生活、学习习惯，具备比较多的兴趣爱好和能力以及良好的心态等等。我一直以为，对于孩子的未来成长及发展来说，这些是最重要的。

冷玉斌：上次与吴蓓老师交流时，她就提到，在一路走过的学校教育中，其实从来没有谁教过我们怎样做个好父母，今天听您谈了这么多，很有收获。那对育儿，对年轻父母您还有更多建议吗？

朱　煜：我是个小学教师，工作中讲得最多的就是以学生为本，也就是要把学生当作人，当作活生生的生命个体来看待。在家里，养育儿子，同样也是这句话——把儿子当作人。听了这话，你要笑了，正常的父母，哪个会不把自己的儿女当作人，哪个不是含辛茹苦地把孩子拉扯大。我说把孩子当作人的意思是，与孩子永远用心平气和、尊重的态度交流，在婴儿时期就应该如此。是的，真的要从婴儿期就开始，千万不要以为婴儿什么都不懂。有人说，中国是个没有儿童的国度。几千年中，中国人不把儿童当儿童，而是把他们当作小大人，或者当作小玩意儿。这种野蛮的痕迹至今还能在一些人身上看到。开心起来就逗弄戏耍，不开心起来就翻脸训斥。或者对着幼儿开一些无谓的玩笑，说一些无聊的蠢话。殊不知，这样的举动看似无关紧要，实际上对孩子心理成长会造成很不好的影响。

冷玉斌；很多孩子长大后，突然变成了另外一个自己，其实都有可能与童年期的创伤有关。

朱　煜：是啊！把孩子当作人，就是客观地看待自己的孩子。孩子与孩子之间有着先天的差异。这是常识。如果父母在一个最好的时机孕育孩子，那孩子的天赋会好一些。反之，如果父母在优生优育方面做得不好，那么孩子先天的质量肯定会差一些。先天的遗传因素对孩子的成长肯定会有影响。因此对自己的孩子必须有一个清楚的定位。不要因为看到别人的孩子在学音乐、学美术、学奥数……而盲目地让自己的孩子也去学这学那。应该先想一想，这些对我的孩子适合吗？我的孩子会喜欢吗？当父母的要清楚地知道孩子的优势，更要知道不足，“对症下药”才是正途。这对有些家长来说是难事。比如，允成的很多同学在课外，要去上很多技能班。我们直到他念大班时才给他报了一个轮滑班。一来他运动能力不强，身体协调性不够，需要锻炼。二来他喜欢小汽车，看到有轮子的东西就产生兴趣。在报名前，我们带他去看别人上轮滑课，征求他的意见，他说喜欢，才报名。学习课程安排在暑假，很热，但允成学得很刻苦，常常是教练让大家休息了，他还提出要再多练一会儿，每次下课后衣服上都会留下白色的盐花。所以，对于允成的学业，我想得很清楚，能读书的话，就供他读，将来出国留学。如果不是读书的料，那就学门能养活自己的手艺。人生短暂，知足常乐，不要弄得大家都很苦。

冷玉斌：这是他自己的选择，也就会更加投入地去学习！

朱　煜：是的呀！还有，把孩子当作人，就是该教的要教，该放手的地方要放手，该严格要求的要严格要求。我小时候，父母经常说，出去要有规矩，否则人家会说“没家教”。在上海话里，“没家教”是一句很重的话。因为它把孩子和家长一起批评了。“家教”教些什么？教良好的生活习惯，教待人接物的礼数。比如，我们要求允成吃好饭离开桌子前必须对还在用餐的人说“我吃好了，大家慢慢吃”。一开始，允成会忘说，我们就牢牢盯住，慢慢的，也就变成习惯了。帮助孩子养成一种好习惯，学会一种技能，从一定程度上是考验家长的耐心和韧性。家长坚持住，孩子就成功了。

冷玉斌：“家长坚持住，孩子就成功了”，这句话非常有力量。

朱　煜：现在有些家长疼爱孩子，让孩子自由发展天性，便疏忽了行为习惯养成教育，还找理由说，外国人教育孩子都是“放养式”的。我遇到过一些极端的例子，比如一个一年级的小学生在上课时随便走上讲台，将老师的板书擦去。面对老师的批评，孩子根本无所谓。这就是放任“天性”毫无规则意识的恶果，家教的缺失使孩子不懂得做什么都不应该妨碍别人的道理。

冷玉斌：小孩子的“自我”无限膨胀。

朱　煜：有一次，我乘在机场摆渡车上。一个五六岁的外国小孩在车厢里乱跑还爬上了车上的货架。妈妈一把将他拉下来，批评了几句。小孩子或许是受到惊吓，或许是不理解，哭了。等孩子平静下来，妈妈蹲下来，严肃耐心地跟他讲道理。直到孩子点头认错。我去过一些西方国家，访问学校，接触过不少外国人，深感他们对孩子行为习惯的教育一点不放松，而且是有话好好说，得理也饶人。他们也有松的一面，就是不禁锢孩子的思想，让孩子有足够的空间去自由思考，去体验。

在德国的一所小学里，我的同事看到校园里有很多石块，立刻问，孩子摔倒骨折怎么办？家长会不会来闹？会不会起诉学校？德国教师说，没有这样的事情，家长会认为，孩子不慎骨折，也是一种人生体验。这与很多中国家长的观念真是大不相同。

冷玉斌：确实大不相同。

朱　煜：周作人论及儿童教育时曾说，无理的爱抚，不知无形中怎样的损伤了他们柔嫩的感情，破坏了他们甜美的梦，在将来的性格上发生怎样的影响。我时常反思，在养育孩子时有多少爱抚是无理的！

讲了这么多，最后补充一句，由于中国式教养的特殊，在家庭中，父母、祖父母彼此最好达成养育的共识，各自发挥作用，让孩子在一个和谐的环境中慢慢地正常地成长。我们以此共勉。

2011 年 7 月

访谈：讲台上下的启蒙

精神上富有是教师最迷人的生命状态

朱永通：泰戈尔曾谆谆教诲道："教育要靠老师，不是靠方法。"可是最近十年，中国的教育界越来越迷信所谓一劳永逸的模式，到处都在吹嘘、推广各种各样的教学模式，而在这热闹的背后，恰恰忽略了教师专业上的自主发展和内在精神的自足成长。我非常信服你的是，这么多年来，除了自身在学术、精神上精进外，还引领了一大批学校的教师一起成长。

朱　煜：应该说，我有很多工作上的好伙伴，我们形成了一个共同体，这个共同体与现在流行的以团队面貌出现的名师工作室有所不同。名师工作室有一个特点我不太赞同，就是以某一个名师为中心，周围集合了一圈人，这容易变成一种小团体。

朱永通：这样的小团体一不小心容易变为个人崇拜，容易集体精神窄化，甚至粗鄙化。

朱　煜： 确实是这样。在我的伙伴中，有很多位老师在专业上是非常强的，他们知道语文到底是要做什么，知道怎么关爱学生。我上课，就特别希望这些老师来听，听了以后，我就特别希望他们给我提意见，我一直是这样一个状态，不是说我上了一堂课，我有一些想法，你们也非要这样做。

朱永通： 我很认同你刚才对教师专业化的"定义"：学科上知道要做什么，心里头永远装着学生。我也很欣赏你的平等意识和开放的学习心态。其实，正如余华所说，没有一条道路是重复的。在你的成长道路上，我知道至少有三个人一直在你精神上进行内在引导。

朱　煜： 是的。事实上，每一个人内在的自然成熟，来自日积月累的心灵养料。你提到的这三个人，我在《讲台上下的启蒙》一书中多次提及，他们分别是：我的父亲，商友敬老师，贾志敏老师。每次想起他们，我的心中充满了温暖，因为我始终觉得，精神上的富有是教师最美妙的生命状态。

我就读的师范学校给我打下了坚实的精神底子。我就读的师范学校的那些老师很有文化素养，我们的语文老师是话剧爱好者，能找来好多上海戏剧学院的学生给我们讲如何演话剧；政治老师书法非常好，经常见他跑到美术办公室和书法老师谈天说地；生物老师集藏了很多珍贵的邮票，还在学校里搞了个人邮票展。哪怕是学校里的一个后勤人员，类似于在教导处打杂的，毛笔字写得漂亮，会画油画，还会拉小提琴。这些人不一定都教我，可是他们营造了一种文化气场，磁铁般吸引着我。

我兴趣爱好也比较广泛，到了师范学校，一下子感觉身心就铺展开了。工作以后，我特别关注教学资源、课程资源，与那个时候身心一下子铺展开来不无关系。此外，在师范读书的时候，几乎没有分数压力，所以，工作以后，我不会因为分数而区别对待学生。相反我还会去劝那些家长，要正视孩子的个体差异，他最多只能考七十分，你逼他考八十分、九十分，他很难达到的，这是一种折磨和扭曲，只会打击他的自信心。这样一种学生观，是在师范读书的时候那些老师们给我带来的很大的财富。

朱永通：青春岁月是人生最美妙的时光，师范给这段岁月注入浓郁的文化味。不过，未经家庭教育良好塑造的童年，未必能一下子被师范学校中的文化吸引，相反，可能因学业压力的舒缓而自我放纵，所以，上师范之前，你的父母对你的影响也至关重要吧。

朱　煜：是这样的，我的母亲主要负责生活上的事情，学习上的事情全由我的父亲负责。父亲是机械制造专业出身，但家里的藏书却大都是文史哲方面的。读书成为我最重要的爱好和习惯，是父亲对我最重要的影响。

小时候，父亲经常和我们兄弟二人一边洗脚一边聊天。他用英日俄三种语言说“你好”，让我们感受语言的奇妙。他看着墙边的一个小洞告诉我们，“穴”就是洞。没想到第二天老师上课时就问大家是否知道“穴”的意思，我回答了，并得到了来自老师的第一次表扬。父亲也喜欢给我们讲诗词。印象最深的是他给我们讲“朱门酒肉臭，路有冻死骨”时，笑着说，这里的“朱门”可不是我们家啊。除了诗词，他还喜欢给我们讲《论语》，而且常常有自己的想法。他告诉我们，“己所不欲，勿施于人”，紧接着就说，己所欲，也勿施于人啊。父亲这么说，也始终这么做。父亲的这些话如今已渗入我的骨髓。

朱永通：可以说，父亲是你精神世界的依傍，是你精神成长的第一任启蒙老师。你真的很幸运，又遇到了贾老师和商老师。

朱　煜：说来也很有意思，贾老师和商老师，他们对我成长的帮助可谓异曲同工。贾老师是由区教育局指定给我的师父。贾老师很少跟我说，“你过来，我给你讲讲课。”主要是我去听他上课，听完了，大家一起闲谈。

商老师也是如此，我到他家里看他，主要就是聊天，谈书。说到兴奋的时候，他就从书架上拿出一本书，给我读上一小段。读到会心处，必定哈哈地笑着说：“好极了！太好了!"

贾老师是传我"吃饭家什"的人，是我专业上的启蒙者、领路人。商老师不是我的一般意义上的老师，因为我从没进过他的课堂，听过他的课，可商先生又是我最重要的老师。他的书房就是我的课堂。

启蒙：建构孩子的精神家园

朱永通：听完你和你父亲、两个老师之间的故事，很羡慕，也很感动。你平和的气质、民主的意识其来有自啊！二零零五年你提出"启蒙语文"的观点，现在看来，跟你自身的精神成长经历息息相关，你父亲引导你读书、思考的时候，启蒙的种子就落在你的心头了。

朱　煜：对，那是文学启蒙和审美启蒙的种子。我研究语文与启蒙的关系是从一节公开课开始的。有一次在校内上公开课时，我特意选择了五年级课本中的《空城计》。这篇课文根据《三国演义》改写而成。我根据五年级学生特点，把指导学生掌握"阅读一个计谋的实施可以从为什么用计，怎么用计，结果怎样三个方面入手"当作语言学习切入点。还利用有关影像资料，让学生想象当时人物的心理，从而理解诸葛亮用计成功的原因。备课中，我无意发现，那段影像资料中的诸葛亮用计成功后是一身冷汗，而课文中则写他“哈哈大笑”。我将其作为学生思想启蒙的切入点，引导学生讨论。最后学生自然而然地得出结果，录像拍得好，因为诸葛亮不是神而是人，他再镇定，紧张总是有的。没有神，只有人。这样一个重要的观念，学生通过学习，自己体会到了。虽然，体会还很肤浅，甚至过不多久就淡忘了。但是，毕竟留下了一颗“种子”。

朱永通：学生自己体会到了，这一点太重要了。对于老师而言，直接给答案是轻松的，但是对于孩子来讲，一定是不合适的，可能对他的精神成长，反而是有害的。如何教会学生自己判断，慢慢形成自己的价值取向，这样的启蒙，是必要的，也是最难的，你是如何在课堂上实践“启蒙语文”的?

朱　煜：在我看来，小学语文教学应该有两项启蒙任务。一是对孩子运用语言文字的能力进行启蒙。在学校中，孩子应该接受系统、规范、科学的语言文字训练。通过学习，不仅能够理解运用母语，还要获得对母语的热爱以及不断学习母语的兴趣和能力。二是对孩子的思想、价值观、人生态度进行启蒙，逐步建构孩子的精神家园，为其成为合格的现代社会公民打好基础。我这样理解“启蒙”两字：“启”，即平等对话，在和谐温馨的气氛中传授知识，激发兴趣，培养能力，高处着眼，低处入手，传递普世的价值观。“蒙”，即注重基础，从学生实际出发，整合新旧，讲究互动生成，力求教学形式灵活，教学效果有效，教学氛围愉悦。

启蒙需要合适的材料，我把描写亲情的文章当作首选。

上海版三年级教材中有一篇课文叫《我也会送你一辆新车》。课文主要讲一个小男孩听到保罗获得了哥哥送给他一辆汽车，然后向腿有残疾的弟弟许诺将来也送一辆新车作为礼物的故事。根据三年级学生语言学习的要求和学生特点，在语言学习方面我设计了以下环节：学习新课前，先出示两个句子：1.“我会送你一辆新车。”2.“我也会送你一辆新车。”通过朗读指导学生理解“也”字的作用。然后引出课题，请学生轻读课文，画下含有课题的句子。读完课文后完成填空练习：小男孩听说（　　）送给（　　）一辆新车，所以（　　）。该练习一可以帮助学生理清文章线索，二可以练习口头表达能力，为完成后面的学习“热身”。随后，采用开放的学习形式学习重点段落，请学生交流从相关段落中获得的信息、体会。在交流的过程中适时完成生字教学、朗读指导、课文内容理解。接着，请学生根据课文内容想象小男孩要送车给弟弟的原因。我先出示一段话：“圣诞节就要到了，大家都在高高兴兴地准备。可是小男孩却发现小弟弟有些闷闷不乐。……”学生先同桌之间讨论，随后请了三组学生分角色表演兄弟两人的对话。接着再请个别学生复述兄弟两人的对话。之前反复朗读小男孩的话是为这个环节作铺垫。同桌对话有两个目的：一是为了亲身体悟兄弟之情，二是为了口头模拟语言描写。学生独立复述则是为让学生实现语言内化。

课文最后一节写道："从那天起，保罗真正懂得了给予是快乐的。"但是如果简单地请学生说说这句话的含义，学生一定会说出"要只求奉献不求索取"之类的话来。而这样的话，大都是学生听来的，不是体验出来的。那些漂亮话对孩子来说其实是假话、空话。课文中有句话写道："小男孩惊奇得瞪大眼睛：'你是说这车是你哥哥白白送给你的？天哪！我希望……'"我抓住"白白"一词请学生讨论它的含义。我想要学生懂得，保罗的哥哥送汽车给保罗不是"白白"的，送汽车的背后有着兄弟亲情。由此引申出，只有相互的无私给予才是最快乐的。

理解兄弟亲情不难，但要理解给予的相互性却有难度。于是我就先请一个学生读了他写自己弟弟的作文，文中将兄弟之情写得真切且极富童趣。我把这篇习作当成一个教学资源，引导学生感悟——由身边同学的兄弟情联想到课文主人公之间的兄弟情，最后生发出去，理解了"白白"背后的含义。

朱永通：小学的启蒙教育，如果简单地把普世价值灌输给孩子的话，可能又是一种专制，所以，小学的启蒙教育，应该为孩子提供一个方法，提供一个广阔的背景，提供一种真善美的案例，使他的心田能够尽可能的肥沃一点，长大以后能够有一种理性、平和的心态去面对这个世界。

朱　煜：的确如此，通过一些实践，我越来越感到思想启蒙不能只是指向观念，还应该包括思想方法的启蒙。《揭开雷电之谜》一课的教学实践，就是这一想法的产物。该课文先概述富兰克林的身份，再具体描述富兰克林吸引雷电的过程，最后补充说明富兰克林发明了避雷针。

通读了课文，我首先关注到了一个字和一个词语。字是“谜”，词语是“风筝”。风筝是小学生们很熟悉的东西，每次春游、秋游时，都会有一些孩子带上各色漂亮的风筝在草坪上放飞。而在课文中，风筝是富兰克林做实验的重要工具。我先组织学生讨论放风筝的感受，引出课题。再让学生用“风筝”和课题说一句句子，复述课文内容，以此帮助学生在较短的时间里整体把握课文。

课文作者把实验过程记述得细致明了：

> 那天，天空乌云密布，雷电交加。富兰克林带着儿子来到费城的郊外。他事先精心制作了一只白色丝绸风筝，风筝上安了一个尖细的铁棒。风筝用麻绳系住，麻绳末端分成两支，分别接上一片铜钥匙和一小段丝线。他手握丝线，将风筝放到天空中。
>
> 过了没多久，突然，一道明亮的闪电掠过，顿时大

雨倾盆而下。富兰克林觉得手有点麻，当他的手指靠近那片铜钥匙时，一朵蓝色的电火花立刻向手指射过来。他感到手臂一阵麻木，差一点儿被击倒。这时，他兴奋地叫了起来："这就是电，和实验室里的电火花完全一样!"

如果按照常规的教法，帮助学生梳理一下两个自然段中的动词，朗读一下重要的句子，体会一下故事主人公当时的感受，最后出示几个动词和一个情境，进行读写结合的练习，也是好的。只要教得到位扎实，学生必有收获。可是，在反复阅读上述文字后，我感到这样做还不能将课文的功用发挥到最大。因为在阅读的同时，我想到了胡适先生的名言——"大胆的假设，小心的求证"和"有一份证据，说一分话"。这两句话中隐含着很重要的思想方法以及价值观。实验过程不正是为这两句话做了一个很好的注脚吗？学生如果通过实验过程的学习，不但掌握了语言文字，还能通过具体事例理解、学会一种正确的思维方式，那就再好不过了。

因此，我先出示"大胆假设，小心求证"，请学生找出描写富兰克林做实验的句子，然后将句中主要的动词板书出来，并且标上序号。随后组织学生讨论富兰克林准备实验器材的理由，以此体会富兰克林做实验时小心谨慎，力求科学地求证自己的假设的状态。学生在习得语言，理解课文内容时，就能自行理解名言，体悟其内涵。

出示“有一份证据，说一分话”的同时，请学生先读课文，再思考富兰克林凭了什么证据，才说出“这就是电，和实验室里的电火花完全一样！”这句话的。通过讨论，学生同样也能细读文本，内化语言，感受“有一份证据，说一分话”是做人做事的准则。

胡适先生的两句话，像是焊点，把全文牢牢地焊在一起。至于有没有在学生的心灵深处擦出电火花——无论是文字上、逻辑上，还是思想上——那都是长久的事，不能看一时之效。小学生在语文课堂中听到过的名字、读到过的事迹，会影响到他们的成长。在教学中使用这两句名言，除了因为它们与课文线索暗合之外，我还想让学生知道“胡适”这个名字，知道他是中国现代最著名的思想家之一，并希望他们在记忆中留下这两句话。我期盼在今后，学生们能让这两句话成为自己的思想行为准则之一。

上述想法逐一落实到教学实践中，课堂因此丰满了，也具备了张力。

朱永通：对于一个语文老师来讲，通过一篇一篇课文的教学来激发孩子多元的思想观点、多元的思维，这对自身也是一个莫大的挑战啊。

朱　煜：我觉得，一个有志于启蒙的小学语文教师应该不断追求获得三项核心素养，即科学的学生观、高超的文本解读能力和娴熟的教学技巧。这需要不断学习、实践、锤炼。

我从三四年级课本里选了十余篇课文做实验，为“启蒙语文”积累专题教学案例。实践中，我归纳出几个要点：在教学活动中，语言文字启蒙与思想的启蒙不是割裂的，而是有机结合，彼此渗透、关联。扎实的语言文字练习是对小学生进行思想启蒙的基础，少了这个，思想启蒙将坠入空谈；反之，启蒙之花将自然绽放。由于课文质量不一，所以不是所有课文都能同时找到语言启蒙与思想启蒙的切入点，教学中不能不顾实际，生硬设计；启蒙不是易事，选择的时机，采用的方式都要以学生为本，教学前要周密设计，教学时要及时调整；启蒙是一件长期的事情，教师只有把小学阶段的所有教学内容与要求作一番细致的梳理，才能更有效、更系统地实施启蒙。不求立竿见影，但求刻下痕迹，假以时日终能生根发芽。切入点确定的成功与否与教师的个人素养有着密切的关系。教师本身具备的对社会生活的观察、判断、分析能力，对人性的理解，审美能力，专业素养，乃至对科学、民主、自由的认识程度决定了启蒙特别是思想启蒙的效果。所以，我需要不断地自我启蒙。

2012 年 7 月

跋

有人说，教小学生写作文要让其有读者意识。我不大赞成。不少小孩子本来就视写作文为难事苦事，好不容易有点东西可写，还要在心里想着那个不知道在哪里的读者，岂非更难更苦。这个要求如果放在我头上，我也觉得难。想让所有人都认可你的想法，自然是痴人说梦。即便把“所有人”换成“部分人”，也是件吃力不讨好的事。“辞达而已矣”已然不易，别的真不必多想。

这是我的第二本随笔集。自己对文章的一点追求大致都在里面了。敦崇《燕京岁时记》中有“舍缘豆”一条云：“谨按《日下旧闻考》，京师僧人念佛号者，辄以豆记其数，至四月八日佛诞生之辰，煮豆微撒以盐，邀人于路请食之以为结缘。今尚沿其旧也。”这本小书算是一颗结缘豆吧，读者诸君打开书，知道了我的想法，你我便在茫茫人海中结了缘，不佞在此合十致意。

朱　煜

2014 年 8 月 27 日